Chatou

Der Lech fließt gern in seinem Tal

Wundersame Begegnungen zwischen Fluss und Mähder

Bibliografische Information der Deutschen
Nationalbibliothek:
Die Deutsche Nationalbibliothek verzeichnet
diese Publikation in der Deutschen National-
bibliografie; detaillierte bibliografische
Daten sind im Internet über http://dnb.dnb.de
abrufbar.

Satz und Gestaltung:
Heike Markwitz, Rheinberg

Herstellung und Verlag:
BoD – Books on Demand, Norderstedt

ISBN: 978-3-7578-0204-2

Umschlagbild: Lech und Rote Wand, 2334 m
Foto: Franzfoto

Walter Lechleitner
in freundschaftlicher Erinnerung

Vorwort

Als ich 1965 als junger Mensch zum ersten Mal ins Lechtal kam, betrat ich eine andere Welt und war von ihr fasziniert. Lange kam es mir nicht in den Sinn, ihre unglaubliche Anziehungskraft zu hinterfragen. Ich suchte das Tal einfach auf, weil ich mich dort ungewöhnlich wohlfühlte. Freundschaftliche Beziehungen entstanden und die Vertrautheit war mit den Jahren so groß, dass ich im Lechtal ein und aus ging und viele Stunden am Berg, mit den Bewohnern, mit Freunden und später auch mit meiner Familie verbrachte.

Der einsetzende Niedergang der alten, bergbäuerlich geprägten Kultur des Tals stimmte mich nachdenklich. Die jungen Generationen lösten sich von der Welt ihrer Vorfahren und fanden eine neue Zukunft in der modernen Industrie- und Dienstleistungsgesellschaft, der ich selbst längst angehörte. In dieser Zeit des Umbruchs wurde das alte Lechtal, das sich in Vergangenheit verwandelte, in meiner Vorstellung zum besonderen Zeichenraum, von dem ich schreiben wollte. Es entstanden verschiedene Geschichten, die nunmehr als Sammlung vorliegen.

In ihrem Mittelpunkt stehen sehr unterschiedliche Personen – Besucher, Einheimische, Kinder, historische Gestalten des Lechtals und sogar Tiere fast wie in der Fabel. Sie sind zu allen Zeiten im Tal unterwegs und ihnen werden wundersame Begegnungen mit seinen Räumen, Orten, Legenden und Bewohnern zuteil. Aus den Begegnungen erwächst vielfältiges Erleben, das zu Anteilnahme und Sympathie, Zwiesprache und Betrachtung führt. Jede dieser Begegnungsgeschichten mag als kleine Facette etwas von jener fast versunkenen Talgemeinschaft auffangen und ihr Verwurzeltsein in Natur und Kultur, ihre Menschlichkeit, ihre Selbstbehauptung und ihr großes Gottvertrauen zum Vorschein bringen.

Die Erlebenden finden Anregung und Bereicherung ihres Verstehens menschlichen Daseins.

Ein kleiner Prolog ist dem Lech gewidmet, dem Namensgeber und natürlichen „Urvater" dieses Tals. Ich bin überzeugt, dass er auch heute noch gern in seinem Tal fließt.

Den Leserinnen und Lesern dieser Geschichten wünsche ich eine unterhaltsame Lektüre.

Der Autor

Boden/Lechtal im Sommer 2022

Inhalt

Der Lech fließt gern in seinem Tal

Nicht alle Wasserläufe geben einer Landschaft ihren Namen. Und nicht alle Flusslandschaften werden zur Kulturlandschaft gleichen Namens.

Oberhalb der Ortschaft Steeg tritt der Lech in etwa 1100 Metern über dem Meeresspiegel aus seinem Schluchtenreich und bildet einen Oberlauf von knapp fünfzig Kilometern Länge auf einer aus Sedimenten aufgeschütteten Talsohle, die eine Breite von maximal kaum mehr als einem Kilometer erreicht.

Die Würm-Kaltzeit hatte eine Fels- und Geröllwüste und einen Wasserlauf hinterlassen, der das Gestein mit sich führte und verteilte. Später nahm die Vegetation unendlich geduldig Besitz von dieser Wüste und sehr viel später noch – im Mittelalter – begannen die Menschen, diese Wildnis in mühevoller Kleinarbeit urbar zu machen, und viele Generationen schufen beharrlich eine bergbäuerliche Kulturlandschaft: das Lechtal.

Die von den Bergbauern der Wildnis entrissenen Wiesen- und Weideflächen im Talgrund wirken auch heute noch wie ein riesiger grüner Teppich, der sich an die bewaldeten Hänge oder Felsgruppen der am Rand des Tals fußenden Bergstöcke schmiegt.

Den Fluss hegten die Menschen behutsam ein, was er sich durchaus gefallen ließ, denn indem er sich selbst nivellierte, nahm er seine reißende Gewalt zurück. Bis zum Talausgang in Weißenbach beträgt sein Gefälle rund zweihundert Meter, was ihm insgesamt eine relativ ruhige Fließgeschwindigkeit verleiht. Bei den Wildwasserfahrern besitzt er die zweitniedrigste von sechs Schwierigkeitsstufen und gilt als gutmütig.

Die Reinheit seines Wassers und seine komplexe Fließgestalt mit vielfältigen Wasserbewegungen vom stehenden Gumpen bis zur starken Strömung ließen ihn zum Heimatgewässer der Äsche werden, die in ihm ideale Lebensbedingungen findet und seine emblematische Bewohnerin ist.

Im Verlauf ihrer Siedlungsgeschichte integrierten die Menschen den Fluss in ihren neu gewonnenen Kulturraum. Sie akzeptierten sein Wesen, sodass der Lech schließlich ein selbstverständlicher Teil ihres Lebens wurde. Sie bezeichneten sich selbst als Lechtaler und meinten damit immer auch den Fluss und seine Gegenwart in ihrer Kultur.

Dieses Tal am Nordrand der Lechtaler Alpen als Teil der nördlichen Kalkalpen erstreckt sich in westöstliche Richtung und ist das Reich der Wasserläufe, bedingt durch die beträchtlichen Niederschläge als Regen und Schnee, die von der Nordstaulage der Lechtaler Alpen herrühren. Die unter Bergsteigern wenig rühmliche Bezeichnung „Regenalpen" ist dieser klimatischen Besonderheit geschuldet, mit Schlechtwetterperioden, welche die Berge mit endlosen Wolkenschwaden verhängen und schon so manche Bergtour im wahrsten Sinne des Wortes ins nebelnasse Wasser fallen ließen.

Ein Dutzend Seitentäler reihen sich dicht gedrängt entlang des Haupttals. Vier von ihnen sind von kleinen Bergbauerngemeinschaften in über 1.300 Metern Höhe besiedelt: das Namloser Tal oberhalb von Stanzach, das Beschlaber Tal oberhalb von Elmen, das Gramaiser Tal oberhalb von Häselgehr und das Kaisertal oberhalb von Steeg. Die meisten Familienbetriebe haben unterdessen aufgegeben. Obwohl die Täler mittlerweile bestens erschlossen sind und die Lawinengefahr weitestgehend gebannt ist, fehlen den Dorfgemeinschaften junge Menschen, die vor Ort bleiben. Die Entsiedelung droht. Dieses Schicksal widerfuhr der Siedlung Madau im Madautal oberhalb von Bach. Sie existierte vom 15. bis zum 19. Jahrhundert.

Die Seitentäler verengen sich in ihrem unteren Teil zu Schluchten, aus denen sich starke Bäche in den Lech ergießen. Namentlich der Kaiserbach, der Alperschonbach, der Otterbach und der Streimbach stürzen mit ungestümer Kraft zu Tal.

Auch von der Allgäuer Seite erhält der Lech drei bedeutende Zuflüsse, den Höhenbach bei Holzgau, den Bernhardsbach bei Elbigenalp und den Hornbach bei Vorderhornbach.

Die Bäche liefern ihm nicht nur ihr sprudelndes Wasser, sondern Gesteinsmaterial, zerkleinerte Baumstämme, Strauchwerk oder gelöstes Erdreich. Der Lech sammelt das überschüssige Wasser, das von den Gebirgsstöcken und Hochtälern um ihn her abgegeben wird. Zugleich transportiert sein Wasser Geröll, Strauchwerk und Holz. Er nimmt alles entgegen, was ihm seine Bäche zuführen, formt mit allen Stoffen seinen komplexen Strom, der sie weiterverarbeitet und weitertransportiert. Vor allem das Geröll der Erosion und die fortgespülte Erde verteilt er in seinem weitläufigen Bett und fixiert einen Teil von ihnen.

Im Frühjahr, wenn die enormen Wassermengen der Schneeschmelze seinen Strom anschwellen lassen, oder in Zeiten starker Regenfälle macht er sich daran, das Geröll seiner Sohle verstärkt und bisweilen hörbar zu schieben. Dann vernimmt das Ohr in der unsichtbaren Tiefe ein Rumpeln und Poltern der vom Strom ein Stück weit mitgerissenen Felsbrocken, die aneinanderstoßen oder an seiner Sohle entlang schleifen.

Manchmal ist der Wasserüberschuss zu groß und der Lech erlaubt sich kleinere Überschwemmungen, aber man hat nie davon gehört, dass er den Menschen verheerende Katastrophen bereitet hätte. Er hat keine Häuser oder ganze Dörfer mit sich gerissen, noch Mensch oder Tier in seinen Fluten ertränkt.

Und doch haben die Menschen verstanden und verinnerlicht, dass der Fluss eine unbändige Kraft besaß. Sie haben nie danach gestrebt, ihn zu domestizieren, noch sich eingebildet, dass sie ihn ganz nach ihrem Belieben beherrschen könnten. Ja, sie haben ihm sogar einen Dämon, den Bluatschink, gegeben. Vielleicht als Zeichen ihres Respektes für seine bisweilen unheimlich anmutende Energie. Wer sich in den Lech begibt, riskiert, in der Tiefe seines eiskalten, dunkelgrünen Stroms umzukommen – das soll wohl die Vorstellung vom Bluatschink sagen. Diesen Tod soll der Mensch vor Augen haben, aber er kann ihn mit gebotener Vorsicht vermeiden.

Ganz anders sieht es mit jenem Tod aus, den die Menschen voller Schrecken den „weißen Tod" nannten. Dieses unvorhersehbare Schreckgespenst der Natur im Schneemantel der Lawinen gehüllt, wurde von den unstabilen Gleichgewichten riesiger Schneedecken und -wechten an vielen Stellen hoch oben in den steilen Hängen der Bergmähder und Flanken der Gebirgsmassive erzeugt. Manchmal gingen die Lawinen bis ins Haupttal nieder und zerstörten Ställe und Häuser, forderten Opfer bis in die Dörfer hinein. Häufiger noch überraschten sie die Menschen bei der schweren Arbeit, wenn sie im Winter am Berg mit Schlitten das eingelagerte Heu der Mähder führen mussten, damit das Vieh in den Ställen nicht verhungerte, oder Holz schlugen und zu Tal schafften. Nicht vergessen werden sollten die Muren, die zumeist kleinen, manchmal auch beträchtlich großen Gestein- und Schlammlawinen, die wie kalte Lava wertvolle Wiesen- und Weideflächen verwüsteten.

Hinter Weißenbach verlässt der Fluss sein Tal. Er ist zwar weiterhin der Lech, aber er begibt sich in das Reuttener Becken und ohne das enge und grüne Tal um sich her ist er halt der Lech und die Menschen dort sehen in ihm nicht mehr den ihren Lebensraum prägenden Fluss. Sie orientieren sich in anderen Räumen. Es ist auch viel mehr Platz im weiten Rund des Talkessels als im engen Lechtal. Der Lech verliert sich fast in diesem Raum. Mit dem Wasserkraftwerk Reutte beginnt die Nutzbarmachung des Flusses für die Energiegewinnung. Es folgt noch das Kraftwerk Weißhaus, kurz vor der bayerischen Grenze. Sein natürliches Dasein beendet der Fluss mit dem künstlichen Lechfall oberhalb von Füssen. Danach muss er den Forggensee füllen, einen Stausee, der als riesiges Rückhaltebecken den mit Staustufen und Wasserkraftwerken zugestellten Unterlauf reguliert. In diesem See verliert der Lech sein lebendiges Wesen und verlässt ihn als gehorsamer und entseelter Diener der Menschen.

Im Lechtal war der Fluss immer nur grün, schmutzig gelb oder braun. Mancher Winter war so klirrend kalt, dass er sich mancherorts unter eine Eisdecke zurückzog. Menschliches Blut hat ihn nie rot gefärbt, denn das Tal war ununterbrochen ein friedlicher Raum. Ganz anders weiter draußen, als einst die Schlacht auf dem Lechfeld das Wasser des Unterlaufs mit dem Blut zahlloser Krieger tränkte.

Mehr als zwanzig Brücken und Stege überqueren den Lech zwischen Weißenbach und Steeg. Die Menschen haben von

Anfang an auf beiden Seiten des Flusses gesiedelt. Eine trennende „Ufermentalität" ist nie entstanden. Ob überwiegend links oder rechts lebend, man war selbstverständlich auf beiden Seiten des Flusses daheim. Die Dörfer liegen alle ein wenig vorgezeichnet vom Verlauf, den der Lech nimmt, mal am linken, mal am rechten Ufer, mal in direkter Nähe des Flusses, mal etwas abseitig. Die Ortschaft Bach wiederum liegt in der Mitte. Der Ort befindet sich am rechten Ufer und das Kirchlein gleich gegenüber hinter der Brücke oberhalb des linken Ufers. Hinter der Kirche führt der Weg steil zu den Weilern Kraichen und Seesumpf empor, während sich ein paar Schritte weiter auf der Talsohle der Weiler Obergiblen anschließt, der allerdings zum Hauptort des Tals Elbigenalp, dem „Duarf", gehört. Dieser Ort ist der geistige und geistliche Mittelpunkt des Tals. Hier erlaubte sich die einfache Kultur der Menschen einige geistige Blüten, als die Bürgerlichkeit des 19. Jahrhunderts endlich auch das Tal erreichte, ohne jedoch die Bergbauernkultur abzulösen, was erst im 20. Jahrhundert geschah.

Zahlreiche über die gesamte Talfläche verstreute Weiler vervollständigen das Netz der Siedlungen. Am oberen Ende des Tals, in Steeg, geht es richtig eng und im Winter ziemlich dunkel zu. Gewisse sonnenverwöhnte Oberinntaler behaupteten, dass man sich im Lechtal auf den Rücken legen müsse, um die Sonne zu sehen. Überhaupt galt das Lechtal dem fortschrittlichen Tirol eher als hinterwäldlerisch.

In Tirol herrscht gewiss kein Mangel an besiedelten Tälern. Aber bedeutende Talschaften gibt es nicht so viele. Die Gruppe der großen Talschaften Tirols wird vom Inntal in Nordtirol, vom Etschtal, vom Pustertal, vom Eisacktal und vom Vinschgau in Südtirol gebildet. Auch das Wipptal, das sich beiderseits des Brennerpasses erstreckt, sollte Erwähnung finden. Wir zählen bedeutende Seitentäler wie das Ötztal oder das Stubaital nicht zu dieser Gruppe, weil sie als Nebentäler dem Inntal in ihrer gesamten Geschichte untergeordnet waren.

Obwohl das Lechtal ein Haupttal ist, erschien es kaum der Rede wert. Johann Jakob Staffler wusste nur wenig vom Lechtal zu berichten. Viel wichtiger waren Gaichtpass und Fernpass, wirtschaftlich wie militärisch. Ein Grund dafür war seine relative Bedeutungslosigkeit. Es ist wesentlich kleiner als die genannten Talschaften. Es hat auch keine Stadt hervorgebracht, wie überhaupt das gesamte Außerfern kein Interesse an Städtegründungen besaß. Reutte verzichtete auf die Erhebung zur Stadt – die Sache war den Bürgern zu teuer – und verwaltet sich bis auf den heutigen Tag erfolgreich als Marktgemeinde. Immerhin gibt es Vils, die einzige Stadt des Außerfern und zugleich die zweit- oder drittkleinste Stadt Österreichs. Sicherlich eine Kuriosität der Geschichte.

Im Unterschied zu einer vergleichbaren Talschaft wie dem Paznauntal, das gewisse Ähnlichkeiten aufweist, hat das Lechtal bei aller Randständigkeit und Bescheidenheit intensiv und umfänglich mit den Nachbarn kommuniziert und eine reichhaltige eigenständige Geschichtlichkeit hervorgebracht. Sicher ist das ausgeprägte Autonomiebewusstsein der Lechtaler Talschaft ein ganz wesentlicher Charakterzug. Man wirtschaftete – auf der elementaren Stufe menschlicher Existenz – jahrhundertelang überwiegend als Selbstversorger.

Die Siedlungen dieses Tals hatten sich selbst als etwas Gemeinschaftliches, Ganzes verstanden. Denn der Begriff der

Talschaft ist kein Herrschaftsbegriff wie Grafschaft oder eine kirchliche Herrschaft. Er ist auch kein Verwaltungsbegriff wie Bezirk oder Pfarrei. Keine übergeordnete Macht hat ihn gewissermaßen von außen oder von oben gesetzt und durchgesetzt, sondern die Gemeinschaft der Menschen selbst hat ihn hervorgebracht. Er ist zutiefst verwandt mit den Talschaften, welche die Kantone der Schweiz hervorbrachten. Allerdings haben sich die Kantone in ihrem politischen Selbstverständnis viel weiter entwickelt und sind staatsbildend geworden, was man von den Talschaften Tirols nicht sagen kann. Ihr Staat war – bis ins frühe 20. Jahrhundert – die Habsburger Monarchie. Andreas Hofer, der Freiheitsheld, hatte keine Eigenstaatlichkeit der Tiroler Talschaften im Sinn.

Das Lechtal war nie wirklich am großen Tiroler Geschehen beteiligt, sondern führte eine Randexistenz im hintersten Außerfern, das seinerseits in Tirol lange an der Peripherie lag und durch den Fernpass getrennt war. Man orientierte sich traditionell Richtung Allgäu und Schwaben, auch wenn es in den Seitentälern lange starke Bindungen an das Oberinntal gab, was mit der Besiedlung dieser Seitentäler vom Oberinntal her und gewissen Herrschaftsverhältnissen und kirchlichen Zuständigkeiten zu tun hatte.

Innerhalb Tirols bildete man geografisch und politisch eine Hinter-Welt. Als man die große Lechtalerin Anna Dengel fragte, woher sie stamme, antwortete sie nicht „Aus Steeg" oder „aus dem Lechtal", sondern entgegnete humorvoll „Vom Ende der Welt". Mit den Ortsnamen „Steeg" oder „Lechtal" kann gewiss nicht jeder etwas anfangen, aber mit dem „Ende der Welt" verbindet wohl jeder die Ortsvorstellung vom Rande der Einöde.

Die Kirche, angeführt vom Kloster Füssen, war sehr einflussreich. Und dieses Kloster hätte sich im 15. Jahrhundert am liebsten vom Bistum Augsburg getrennt und sich unter die Herrschaft von Herzog Sigmund von Österreich-Tirol gestellt. Doch der Bischof ließ die Füssener nicht ziehen.

Die sozialen Spannungen Tirols, die sich im Bauernkrieg unter Michael Gaismair entluden, oder die jahrzehntelange Verfolgung der Wiedertäufer mit dem traurigen Höhepunkt der Verbrennung Jakob Hut(t)ers vor dem Goldenen Dachl in Innsbruck, gingen fast spurlos am Lechtal vorüber. Ein einziger Lechtaler Wiedertäufer findet Erwähnung: Wolfgang Koler, Bauer auf dem Matzighof in Madau. Jemand hatte ihn bei der Obrigkeit denunziert – zwei Kammerschreiber aus Innsbruck, wie es heißt. Das Landecker Gericht verwies ihn des Landes und beschlagnahmte seinen Besitz. Das weitere Schicksal dieses friedfertigen Mannes und seiner Familie liegt im Dunkeln.

Die Reformation, die andernorts blutige und tiefe Gräben, nicht nur politischer, sondern auch sozialer Natur aufriss, ließ man abprallen. Man besaß keine nach Emanzipation strebende bürgerliche Kultur und war deshalb nicht betroffen. Die tragisch gespaltene Doppelstadt Kempten (protestantische Reichsstadt und katholische Stiftsstadt) war nur ein Katzensprung entfernt und lag doch mit ihrer grausamen Selbstzerfleischung im Dreißigjährigen Krieg in weiter Ferne. Die Inquisition schaffte es bis Schongau, wo sie einen Scheiterhaufen errichtete. Man kannte ihre fanatische Grausamkeit vom Hörensagen. Im Tal gab es niemanden zu denunzieren und in den Tod zu schicken. Selbst hatte man keine Macht und kein

Interesse daran, in den großen Machtspielen aktiv zu werden oder in sie hineingezogen zu werden. Direkten Kontakt mit den Mächtigen und ihren blutigen Geschäften gab es nur zweimal in der Geschichte des Tals und beide Male ging die Sache glimpflich aus. Der Dreißigjährige Krieg blickte nur kurz ins Tal, zog sich sogleich zurück und hinterließ keine Verwüstungen. Später wurde man kaum in die großen europäischen Machtkämpfe der Napoleonischen Zeit hineingezogen. Man erlebte eine recht mild verlaufende französische Besatzungszeit am linken Lechufer und eine bayerische Herrschaft – beide nur kurzzeitig. Nach dem Zusammenbruch der französischen Vorherrschaft in Europa leistete man einen bescheidenen Beitrag zu den Befreiungskriegen und Lechtaler Schützenkompanien ließen sich kurzfristig und wenig rühmlich in Kempten blicken. Johann Anton Falger verschlug es in der Uniform der bayerischen Armee bis Paris. Erst in den beiden großen Weltkriegen des 20. Jahrhunderts gab man zahlreiche Söhne auf den grausigen Schlachtfeldern hin und konnte sich vielleicht mit dem Gedanken trösten, dass ihr Opfer nicht ganz umsonst war, sondern wenigstens dem Erhalt der Heimat gedient hatte.

Und doch ist das Lechtal eine echte Talgemeinschaft, eine bescheidene zwar, aber mit allen Merkmalen des sozialen und kulturellen Selbst-Bewusstseins versehen. Man lebte eine Eigenständigkeit, die eine kulturelle Selbstbehauptung besaß und mit allen historischen politischen Verhältnissen flexibel umging. Man war recht unpolitisch, aber politisch unklug verhielten sich die Lechtaler keineswegs. Das Lechtal war wirtschaftlich einfach zu bedeutungslos, um ernsthafte Begehrlichkeiten machtgieriger Kräfte zu wecken oder sich selbst zu entzweien. So mäanderte man durch die Geschichte, wie der Lech in seinem Bett. Man war Hinter-Weltler, aber keineswegs Hinter-Wäldler. Die Daheimgebliebenen wirtschafteten unverdrossen auf ihren kargen Höfen oder übten die notwendigen Handwerksberufe in der Holz-, Metall- und Steinbearbeitung aus. Aber man schickte immer wieder begabte Handwerker hinaus auf die Baustellen in den nahegelegenen größeren Zentren, in Residenzen, Städte, Kirchen und Klöster. Man betrieb ein wenig Erzbergbau, lernte bei den Fuggern den Fernhandel kennen, einige trieben schließlich Handel auf eigene Rechnung bis nach Flandern oder Holland. Lechtaler Fernhändler wurden wohlhabend und kehrten im Alter ins Tal zurück. Man widmete sich dem Geldverleih für die Bauern bis hinüber in die Schweiz. Elisabeth Maldoner aus Holzgau ist die wohl bekannteste Vertreterin dieses nicht unumstrittenen Gewerbes. Und so manche Familie besaß auch mal einen „reichen Onkel" – in Wien beispielsweise, wie Anton Falger den Onkel mütterlicherseits Josef Anton Lumpert. Begabte erhielten Stipendien und arbeiteten sich hoch im geistlichen Stand oder in gehobenen Verwaltungspositionen. Christian Schneller aus Holzgau sei als Beispiel genannt. Ja, man gab Menschen ab, arbeitsame, geschickte und auch kluge, bisweilen hochbegabte Menschen wie den Maler Joseph Anton Koch aus Obergiblen. Und manchmal auch „Schwabenkinder" oder Auswandererfamilien, wenn die Not im Tal allzu drückend war.

Und so schließt sich der symbolische Kreis zwischen den Menschen dieses Tals und ihrem Fluss: Sie gaben der Welt von ihren Menschen ab wie ihr Fluss das überschüssige Wasser seiner Gebirge. Aber sie blieben in ihrem Tal verwurzelt. Ihre

Identität, wie wir heute sagen, war fest und dauerhaft. Wäre der Heimatbegriff derzeit nicht so in Misskredit geraten, könnte man den Lechtalern sehr positiv ein bemerkenswert offenes Heimatdenken zuschreiben, das dem heutigen Menschen Stoff für interessante und nachdenkliche Betrachtungen bietet. Gewisse hartnäckige Vorstellungen der ach so fortschrittlich denkenden Heutigen könnten im Lechtal in Schwierigkeiten geraten. Der technologische Fortschritt ist unbestritten und immens, aber der kommunikativ-soziale Fortschritt läuft nicht unbedingt automatisch mit.

Die Lechtaler waren bodenständig, heimatverbunden durch und durch. Dennoch waren sie aufgeschlossen und hielten Verbindung mit der Welt. Und so geduldig sie ihre weltlichen und kirchlichen Obrigkeiten ganz im paulinischen Sinne (er) trugen, so waren sie nicht unterwürfig. Auch dafür gibt es Beispiele in ihrer Geschichte.

Der Lech wird weiterhin gern in seinem Tal fließen. Natürlich ist dies bildlich gemeint. Bildlich nicht nur im übertragenen Wortsinn, sondern ins Auge fallend für jeden, der in dieses Tal kommt und seine Bilder auf sich wirken lässt. Von welchem Standort aus der Blick auch immer fällt – ob man sich unten im Tal irgendwo in Ufernähe des Lechs befindet oder ihn auf der gegenüberliegenden Talseite hart am Berg und hinter Bäumen versteckt weiß, oder von der Höhe über das Tal schaut –, das Kulturland und der ungezähmte hellgrüne Fluss im hellen Bett aus Kalksteingeröll im Talgrund bilden eine harmonische Einheit, ein kompaktes Ganzes, das unsere zersiedelte und leider oft misshandelte Welt nicht mehr bieten kann. Fluss, Tal und Gebirge wirken auch heute noch wie aus einem Guss. Die Bergbauern haben der Natur keine Wunden geschlagen, sondern alle geeigneten Flächen urbar gemacht und ihren Lebensraum wachsen lassen. Das Werk ihrer Urbarmachung bestand darin, permanent Gleichgewichte zu schaffen und immer darauf zu achten, dass Naturraum und Kulturraum sich wechselseitig stützten. Die Menschen waren Meister im Verflechten ihres gezähmten Kulturraums mit dem wilden Naturraum, der für nicht wenige ein paar Schritte weit hinter dem Haus begann. Freilich gingen sie bis an die äußersten Grenzen der Nutzbarmachung. Lawinen und Muren waren unvermeidliche Katastrophen, abrupte Störungen der an manchen Stellen fragilen und sich wandelnden Gleichgewichte, die sie hinnehmen mussten.

Wer zum ersten Mal dieses Tal betritt, mag mit einer gewissen Betroffenheit reagieren, vielleicht aber auch Hoffnung schöpfen und denken, dass es doch möglich ist, so etwas wie einen Einklang zwischen menschlicher Kultur und natürlichem Umfeld zu erzielen.

Die Lechtaler haben ihr Tal ununterbrochen kultiviert und ihre Kultur, so einfach sie auch war, immer wieder gesprochen und untereinander kommuniziert, in einen unendlichen Diskurs gefasst, der von der Stalltür unten im Tal über die Almen bzw. Alpen (je nachdem, welcher Spracheinfluss bei der Schöpfung der Namen gewirkt hatte) bis hinauf in die letzten Grashalme der Bergmähder reichte und noch darüber hinaus. Und es kamen nie Unkultur, Ausbeutung oder monströse Fehlentwicklungen dabei heraus. Intelligent und mutig, aber auch mit viel Gottvertrauen kämpften sie sich durch diese Welt und ihre Zeit, ohne Spuren der Zerstörung zu ziehen. Zugleich ließen sie ihre Welt zur Heimat werden. Auf welchem intelligenten Kulturpfad mögen sie gewandert sein? Und warum sollte es nicht möglich sein, auf neuen, intelligenten Kulturpfaden zu wandern?

Man mag einwenden, dass es unzählige Orte und Landstriche mit einer vergleichbaren Entwicklung gegeben hat. Dies alles ist eben Teil einer großen historischen Entwicklung vom vorindustriellen Zeitalter hin zum Industriezeitalter und immer weiter bis in die hoch technisierten Dienstleistungsgesellschaften unserer Tage.

Ja und nein. Ja, weil auch das Lechtal tatsächlich – wenngleich spät – den Weg der Moderne eingeschlagen hat. Nein, weil die Menschen den Charakter der Talschaft gewiss nicht einfach abgeschüttelt haben, sondern kulturell tatsächlich weiterhin Lechtaler sind. Vielleicht ist ihnen das Glück erneut hold und ihre Heimat wird nicht umgepflügt und zerstreut, sondern findet in der heutigen Welt ihren Platz als Rückraum – auch für manchen Zivilisationsbedrückten, der hier wertvollen Abstand und inneren Frieden finden mag.

Der alte, eigenständige Raum ist weiterhin lebendig, mit seinem zentralen Ort Elbigenalp, den die Lechtaler auch heute noch als „das Duarf" bezeichnen. Vielleicht will in diesem Wort der Geist des Tals überdauern und an der Gestaltung der Zukunft des Tals teilhaben.

Dach der Welt

Der frische Sommermorgen ist ungeheuer schön und formt einen Strom harmonischer Eindrücke, die Sinne und Bewusstsein überwältigen. Vor den Augen des Wanderers zieht das Dasein seine Bahn wie vom Finger Gottes geführt durch ihn hindurch. Das Gefühl puren Hier-Seins füllt ihn aus, wundersam durchlässig und federleicht.

Er wandert auf dem uralten Pfad geduldig und gleichmütig ziehender Menschen. Sie hatten einst diese Spur gebahnt, die ihn bis in die Mähder tragen wird und weiter noch. Am Gegenhang schlängelt sich der Steig im Gräsermeer empor. Das lehmig-braune Band ist deutlich zu erkennen. Der Blick löst sich von dieser Spur und der Wanderer möchte hinüberschweben, von Gipfel zu Gipfel gleiten und sich am Ende auch von ihnen lösen, Raum und Zeit in Nichts auflösen für einen unendlichen Augenblick ohne Wiederkehr. Er erfreut sich am traumhaften Bewusstsein, das sich so innig und unverbrüchlich mit der plastischen Welt um ihn her verbündet. Ihre Bilder sind gewaltig. Sie schieben tröstend das Elend beiseite, trocknen Tränen mit ihrem stummen Hauch. Was immer war, wächst neu empor aus der kompakten Masse der Unendlichkeit.

Die Eindrücke seiner Sinne fördern Gedanken und Worte, die mit den Eindrücken spielen, wie sie mit ihnen. Sie spielen miteinander und verschränken sich so lebendig und unentwirrbar wie die Wurzeln der Mähderteppiche, die der Wanderer durchquert. Er wird auf sein Dach der Welt gelangen. Hier und jetzt entsteigt sein Geist seinem Wurzelwerk und wird sich über das steinerne Meer seines kargen Daseins erheben.

***

Tief unten breitet sich das Tal, ein gigantisches Netzwerk sich verästelnder Seitentäler, Furchen und Schluchten, unendlich gefaltet, aufgeschlagen und verdeckt. Alles dicht gedrängt und mit tausend Winkeln versehen, ebene Flächen gibt es kaum. Eingebettet und eng verzahnt, behauptet die beharrlich errungene Kulturwelt der Bergbauern ihren Platz. Die Alten haben umsichtig ihre winzigen Höfe, ihre Kirchlein, Wege, Weide- und Wiesenflächen verteilt. Nein, ihre Welt entstand nicht am Reißbrett, sie besitzt keine Blaupause, und doch steckt in ihr ein beharrliches Vorgehen von Generation zu Generation. Unentwegt stellten sich die Menschen den harten Lebensbedingungen, die ihnen die Natur auferlegte. Um zu bestehen, mussten sie ihre menschlichen Qualitäten mobilisieren, vor allem die Verlässlichkeit zwischen den Einzelnen und das Vertrauen in die Stärke ihrer kleinen Gemeinschaft und schließlich ihr Vertrauen in Gott.

Er bewegt sich am äußeren Saum dieser Welt, steigt langsam in den Bergwiesen empor. Wie viele Menschen hatten hier oben durch die Jahrhunderte ihr hartes Tagwerk verrichtet? Jetzt rührt diese Flächen niemand mehr an. Hoch stehen Gräser und Kräuter, eingehüllt vom Tau. An manchen Stellen haben die Pflanzen den Pfad fast überwachsen. Sie neigen sich von beiden Seiten, verschränken sich in der Mitte wie eine Überdachung. Mähder waren einst im Lechtal ein überlebenswichtiger Bestandteil der bergbäuerlichen Existenz. Ihr dichter Vegetationsteppich besteht aus einer Lebensgemeinschaft dutzender Kräuter und Gräser, die den Bergbauern bis in Höhenlagen von 2000 Metern Heu lieferte, das im Winter ihrem Vieh verfüttert wurde.

Seine Vorstellung steigt hinunter in das verborgene Wurzelwerk, in diesen dichten Verbund unzähliger Pflanzen, von denen jede an der Oberfläche ihre eigenen Blüten treibt, unscheinbare und leuchtende. Jede einzelne Pflanze hingegen wäre gar in der Lage, einen derartigen Teppich zu bilden und bis in diese enorme Höhe voranzutreiben. Verglichen mit einem Mähder ist ein Rasen ein kümmerliches Gebilde.

Wie viel Aufmerksamkeit mochte er dieser Welt geschenkt haben? Was hatte er in ihren großen und winzigen Erscheinungen unbewusst gesucht und schließlich gefunden? Ein spirituelles Selbstsein, eine geistige Heimstatt vielleicht. Er erinnert sich an die Ursprünge seiner Beziehung zu diesem Tal, Bilder unbeschwerter Tage mit dem Vater, schon seit langen Jahren tot. Nur hier hatte er das Bild eines gelösten, völlig entspannten Vaters empfangen. Niemand sonst von seinen Geschwistern hatte diesen Menschen je erlebt wie er. Und da waren die Dorfbewohner, von denen er damals noch nicht wusste wie heute, dass sie die letzten ihres Bergbauerngeschlechts waren. Die meisten sind schon in ihre Gräber gesunken, dicht gedrängt auf dem engen Friedhof um das Kirchlein geschart.

Schon am ersten Tag besaß er die Gewissheit: Hierher wirst du immer wieder kommen. Ein Zauberreich, Laurins Rosengarten vielleicht. Ungezählte Aufenthalte sollten folgen. Aber das Wesen seiner Faszination blieb ihm lange verborgen. Ein seltenes Zusammenspiel gar nicht darstellbarer Faktoren? Eine

Verdichtung von Sensibilität, Wahrnehmung und die Verarbeitung aller Eindrücke in seinem Bewusstsein? Er fand keine Antwort und wollte sich auch keine Antwort geben.

Die wenigen Tage im Jahr, an denen er sich hier tatsächlich aufhält und umherwandert – das sind nur Bruchteile eines Jahres oder gar der Lebensjahrzehnte, die sich unterdessen angehäuft haben. Und doch scheinen sich hier Momente mit einem ungeheuren Gewicht zu bilden, die zu seinem geistigen Gleichgewicht gehören und ihn steuern wie der Gleichgewichtssinn seinen Körper, der sich wieder in Bewegung setzt und gehorsam seine Schritte setzt.

Er richtet seinen Blick nach vorn, steigt langsam durch die Flanke des grünen Rückens empor in Richtung Kamm, der ihm wie ein natürlicher Dachfirst erscheint und die obere Begrenzung dieses alten Kulturlandes bildet. Die Naturkräfte unendlich ferner Vorzeit haben hier eine Art Pultdach aufgefaltet. Während die steil geneigte Südseite die Bergmähder, vereinzelte Latschengruppen und Schrofen trägt, fällt die zerklüftete Nordseite fast senkrecht ab und der Blick verliert sich in der Tiefe.

Dicht an der Kammlinie entlang führt der Pfad weiter. Gottes eigenen Blumenbalkon hatte jemand diesen luftigen Weg auf der Südseite genannt. In einer kleinen grünen Senke steht Wasser, dient als Wasserstelle für die Gämsen und andere Tiere. Eine blaue Eisenhutgruppe siedelt zusammen mit Gräsern in der Nähe. Auf halbem Weg befindet sich der Habart, kaum als Gipfel zu bezeichnen, eher eine unscheinbare Erhebung, die dennoch einen wunderschönen Panoramablick bereithält. Dort wird er rasten und schauen. Später absteigen und unterhalb der Hochpleis hinüber zum Plattjoch queren, wo an einer kleinen Felsmauer eine Kolonie Edelweiß blüht, die er einst zufällig entdeckte und wieder aufsuchen will.

Damals hatte er noch den Falschen Kogel mitgenommen und auf dem Gipfel ein altes Ehepaar angetroffen, weit über siebzig, er kratzte an die achtzig. Sagenhaft, im oberen Teil ist der Steig vom Steinjöchl her in engen Kehren recht steil und nichts für Leute, die keine fast senkrecht abfallenden Grasflanken direkt neben und unter sich ertragen können. Luftig geht es da oben zu. Und die beiden alten Herrschaften saßen da, still vergnügt, Rucksäcke auf, Winzermesser in der Hand, Mutti fütterte ihren Göttergatten mit klein geschnittenen Apfelstückchen. Man unterhielt sich, ja sie seien dankbar, dass sie noch so gut auf den Beinen seien. Oh, das heiße Pärchen, hatte er gerührt gedacht, vorbildlich. Und er hatte ihnen gesagt, dass er sich gern an ihnen ein Beispiel nehmen wolle und was drum geben würde, wenn er ein so langes und schönes Bergsteigerleben hinbekäme wie sie. Sie hatten ihn ermunternd angelächelt, so schien es ihm.

Nun quert er in einer steilen Grasflanke empor, zum Rand einer Mulde hinüber, als er im letzten Moment stehen bleibt und augenblicklich erstarrt. Genau an der Stelle, an die er gerade seinen rechten Fuß setzen will, gleitet langsam der schwarz gezackte, gelb geschuppte Leib einer Kreuzotter, von dem er vielleicht einen Ausschnitt von zwanzig Zentimetern sieht. Er blickt gebannt auf diesen zeitlupenhaft nach links gleitenden Körper, der nach langen Sekunden wieder im hohen Gras verschwindet. Jetzt erst durchfährt ihn siedend heiß der Schrecken. Was hätte geschehen können, wenn er aus Unachtsamkeit auf das Tier getreten hätte? Ein Biss der überraschten Schlange?

Arno hatte einmal davon erzählt, wie er von einer Kreuzotter gebissen worden war. Wie er mit dem Taschenmesser die Bisswunde auf Knöchelhöhe aufgeritzt und das Blut ausgepresst hatte. Und dennoch hatte er mit schweren Kreislaufstörungen zu kämpfen, war stark benommen, ja fast bewusstlos gewesen. Der Wanderer blickt unter sich: Der steile Hang endet nach wenigen Metern an einer Kante, unter ihr fallen steile Felsschrofen zwanzig, dreißig Meter ab. Ein Biss hätte ihn in eine lebensbedrohliche Lage bringen können, mit Kontrollverlust und Absturz. Um Haaresbreite, geht es ihm durch den Sinn, während er sich vorsichtig durch das recht hochstehende Gras weiterbewegt und sich langsam beruhigt. Bist du vielleicht auch einer von den „Glimpflichen", wie er die Dorfbewohner humorvoll nannte, die das Schicksal im Laufe ihrer kleinen Geschichte mehrfach streifte, aber nie vernichtete, sondern verschonte? An verschiedenen Stellen ist der lehmige Boden sichtbar. Ein ausgezeichneter Lebensraum für diese Tiere, sonnenbeschienener Südhang, als Beute Mäuse, vielleicht junge Vögel oder Eidechsen. Er hätte besser auf dem Weg bleiben sollen, anstatt diesen kaum sichtbaren Trampelpfad durch die flache Senke mit ihrer lehmigen Abbruchkante zu nehmen. Aber dann hätte er ja wenig später nicht die Steinadlerfeder gefunden, eine herrliche Schwungfeder, einen guten halben Meter lang, völlig unversehrt, die er staunend aufhebt und vorsichtig in seine Hände nimmt.

Er setzt sich nieder, betrachtet die Feder und möchte glauben, der Adler habe sie erst kürzlich verloren. Sie ist ganz trocken und frisch. Er beschreibt mit ihr spielerisch Kurven in der Luft und spürt, wie sich die Luft sanft in ihrer sich leicht spreizenden elastischen Fläche verfängt und spürbaren Druck aufbaut. Mit einem Mal kann er sich vorstellen, wie sein Gefieder den Vogel in ein komplexes Luftkissen verwandelt, mit unglaublichen Gleit- und Manövrierfähigkeiten. Und wie dieses Tier vergleichsweise riesige Geländeflächen bestreicht, um mit einem Mal eine winzige Beute, eine Maus vielleicht, aus der komplexen Flächenmasse heraus zu erspähen, ihre Bewegungen zu isolieren, zu antizipieren und schließlich die Beute zu schlagen. Er erinnert sich an die Behauptung, dass der Adler eine überragende Sehschärfe besitzt. Hätte das menschliche Auge seine Sehschärfe, so könnte man eine Zeitung aus hundert Metern Höhe lesen. Und er denkt, das Tier müsse doch seinen Blick fokussieren, ein bestimmtes Ziel zoomen, um es nicht mehr aus den Augen zu lassen. Wenn sich alle Details gleichermaßen scharf auf seiner Netzhaut abbildeten, so würde es doch vom intensiven Strom nicht unterschiedener Eindrücke, der von der Flugbewegung aufgebaut wird, erschlagen. Sein optisches System muss eine Besonderheit besitzen. Und schließlich die Umsetzung in komplexe Bewegungsabläufe, bis die Krallen das Beutetier in den tödlichen Griff nehmen.

Behutsam verstaut er die Feder in seinem Rucksack. Er sollte sie nicht mehr hergeben, noch verlieren. Vielleicht ist sie ja ein Zeichen, das diese Welt, die er so sehr schätzt, ihm geschenkt hat. Und er schmunzelt bei diesem Gedanken. Erst die Kreuzotter wie aus dem Boden gewachsen, dann die Adlerfeder, die vom Himmel fällt – dieser Tag habe es wirklich in sich. Und über allem wölbt sich das Schauen. Nein, er kann sich nicht satt sehen, der Himmel selbst ist heute eine gewaltige Sphäre, die alle Bilder in sich trägt und intensiv zurückwirft.

Dicht unterhalb des Kamms führt der Pfad zum Habart empor. Der unscheinbare Grasgipfel trägt ein rundes Metallrohr, das den Landvermessern als trigonometrischer Punkt diente. Ihnen war die besondere Lage der Erhebung nicht entgangen, die dem Wanderer einen wunderbaren Blick in die Runde erlaubt. Alle Erhebungen um ihn her überragen ihn und doch vermittelt er das Gefühl von großer, liebenswerter Weite bis zu den Gipfeln der Zentralalpen hinüber.

Unzählige Male hatte er geschaut und es nie gewagt, die ungeheure Schönheit mit Worten zu berühren. Er war durch sie gewandert, so vertrauensvoll und doch mit großer Scheu, hatte immer nur Spuren hinterlassen, die er am liebsten nicht hinterlassen hätte. Wie gern wäre er im Äther der Spurlosigkeit geflossen wie der Adler im transparenten Raum, der seine Schwingen und Augen umspült. Heute aber, ja, was ist heute? Eine Feder ist hinabgefallen, vor seine Füße, und vor seinen Füßen hat sich die Erde aufgetan und eine Schlange kroch hervor. Es mag heimliche Zeichen geben, aber du kannst sie nicht lesen. Dir kann nur die Gewissheit zuteilwerden, dass es sie gibt. Und diese Gewissheit, das bist du selbst, wenn du ausgerichtet bist, sodass auch die letzte Spur der schmerzhaften Reibung von dir abfällt. Wenn alle Mühen nicht mehr in den schwarzen Löchern der Sorgen versinken, sondern sich zur Fülle kehren.

Ein einsames Glücklichsein? Den puren Kern des Selbstseins gibt es nur einmal und vielleicht auch nur für die Dauer eines

Augenblicks. Und warum mag es gegeben sein, so viel Glück in sich zu speichern und zu entfesseln? Ob das so wichtig ist? Vielleicht ja. Vielleicht entwickelt sich daraus eine wertvolle Mitteilsamkeit den Menschen gegenüber. Seht! Das Glückhafte ist in uns wie in der Welt. Wohl jedem, dem es sich zeigt und der es ergreift.

Er quert die Grasflanken leicht absteigend in Richtung Plattjoch und steuert den kleinen Felsbalkon an, wo die Edelweißkolonie mit strahlend weißen Blüten siedelt. Ihr Siedlungsraum ist so exklusiv wie ihre Blüten. Manchmal fallen sie allerdings den Sensen der Bergbauern zum Opfer, wenn sie ihren Standort in den Mähdern gewählt haben. Als er die Pflanzen lange betrachtet und bewundert hat, legt er seinen Rucksack ab und kramt den Fotoapparat hervor. Die Mittagssonne gibt ihren Blüten etwas von ihrem Licht ab, verleiht ihren pelzigen Blütenblättern intensive Leuchtkraft, als wären sie selbst mit ihrem blendend weißen Schimmer zu kleinen Sonnenlichtern geworden – irdische Töchter des großen Gestirns.

***

Es ist Zeit für den Abstieg. Vorsichtig bewegt er sich auf den kaum sichtbaren Steigspuren der Hirten und Bergbauern hinab zum Hahntenne, vorbei an Latschengruppen, hinter denen steile Felsen unmittelbar abstürzen. Ein paar Kühe, die Reste des einstigen Volkes der Rindviecher, grasen weiter unten friedlich und verstreut auf den recht ebenen Weideflächen. Hier oben waren einst die sommerlichen Weidegründe für die gemeinsame Herde aller Familien und etwas unterhalb schufen sich die Menschen im späten Mittelalter eine kleine

Streusiedlung, Pfafflar. Wie viele geduldige Mühen unzähliger Generationen verbergen sich hinter diesem Namen, der seine Schöpfer überdauert hat. Denn von den einstigen ersten Siedlern ist kein direkter Nachfahre übrig geblieben, vielleicht da und dort noch ein paar genetische Spuren in den heutigen Bewohnern des Tals. Ja, die Menschen vermischen sich unaufhörlich, kommen und gehen. Die Ortsnamen bleiben.

Der wunderbare Klang dieses Wortes weckt den Zauber dieser Welt. Mit diesem Wort und mit vielen anderen, längst wieder vergessenen Worten hatten die ersten Menschen, die sich hier niederließen, diese Welt bei ihrem Namen und in ihr Leben gerufen. Und mit einem Mal tauchten in ihm aus der Frühzeit menschlichen Daseins in dieser hochalpinen Welt andere Namen auf: Madau – zwei Silben, die für ihn einen unauslöschlich lieblichen Klang besitzen, Gampen, Saxer Alpe, Parzinn, Gufel, Alblit, Falmedon, Almajur, Flirsch oder Parseier. All diese Gelände-, Flur- und Ortsnamen wurden am Anfang der Besiedlungsgeschichte vergeben. Und diese Namensgebung hat etwas Schöpferisches, das auch heute noch deutlich spürbar ist. Die Namen der Räume und Orte besitzen einen besonderen Atem, einen Hauch, einen Odem. Sie klingen seltsam vertraut und zugleich unendlich fern. Die Namen der Menschen hingegen wurden immer wieder von neuen Trägern benutzt – neue Namen traten hinzu, alte zogen fort oder starben aus.

Wie innig doch die Menschen mit ihren Räumen verbunden waren. Ihr ganzes Dasein bezogen sie aus den Räumen, die sie urbar machten und kultivierten. Sie tasteten sich geduldig und umsichtig vor, weiteten ihren Herrschaftsbereich bis an die Grenzen aus, die ihnen die Natur und ihre eigenen Kräfte und Fähigkeiten setzen. Die Grenzen wurden von den Gleichgewichten aufrechterhalten, die sie dauerhaft für sich nutzbar machten.

Jetzt holt ihn das unter seinen Füßen knirschende Geröll wieder ein – das muss so sein – und von der Zeit erfährt er, dass es früher Nachmittag ist. Die Sonne steht hoch am Himmel. Der Dachfirst ist wieder in weite Ferne gerückt. Dort oben ist das Dach dieser Welt, das ihm als Dach seiner eigenen inneren Welt erschienen war. Müdigkeit, Hunger und Durst machen sich bemerkbar, alles, was den Körper in seine Existenzpflicht nimmt. Der Staub der vergänglichen Mühen erhebt sich unter den Sohlen und dämliche Kuhfladen breiten sich vor ihm aus. Er weicht ihnen verständnisvoll aus. Er möchte die Rindviecher ja nicht beleidigen, aber er kann sie nicht davon freisprechen, den stupiden Alltag auf besondere Weise zu verkörpern. Nein, keine Geringschätzung, sie sind friedfertig, ungeheuer friedlich inmitten des Lärms und der Rastlosigkeit der Welt.

Vorbei ist der Zauber dieses herrlichen Vormittags, denkt er mit Bedauern. Aber dieser Zauber ist ja nicht verloren. Er selbst hat diesen Raum imaginär für sich urbar gemacht. Er ist um ihn her und zugleich in ihm. Und er weiß, dass es genau dieser Raum hier ist und kein anderer. Sein Geist hat sich hier beheimatet, sich offenbar immer weiter vorgetastet und immer inniger verwurzelt. Hier atmet er sein Dasein. Sein Bewusstsein zaubert die erlesenen Wahrnehmungen hervor, wie der Mähderteppich seine Blüten. Und er sagt sich: Sei dankbar, es ist dein geheimer Garten.

Bei Gelegenheit wird er die Adlerfeder herzeigen und den Dorfbewohnern von seiner Begegnung mit der Kreuzotter berichten. Er wird recht sachlich sprechen und seine wundersamen Gedanken für sich behalten. Sie wissen längst, wie sehr er ihre Welt liebt. Sie benötigen keine Worte, weil sie ihn sehen und hören, wie er von ihr spricht. Das genügt ihnen und auch ihm.

Adlerhorst

Der Jäger stand im Dienst eines großen westdeutschen Industrieunternehmens, Pächter eines schönen Jagdreviers, das sich vom Tal bis in hochalpine Lagen von über 2500 Meter ausdehnte und dessen Wildbestand an Zahl und Artenreichtum keine Wünsche offen ließ. Rehwild, Rotwild, Gamswild sowie Muffelwild hatten ihre Standorte im Revier und zu den Aufgaben des Jägers zählte es, den einen oder anderen Jagdgast auf der Pirsch zu begleiten und ihm die Gelegenheit zum Abschuss einer Gämse zu verschaffen. Die Gemeinde wiederum erhielt eine ordentliche Pachtzahlung. Der sechsstellige Jahresbetrag war ihre einzige nennenswerte Einnahme.

Im Dorf traf man den Jäger selten an. Auch tat er sich nicht als eifriger Kirchgänger hervor. Oft war er tagelang im Revier unterwegs, begleitet von seiner klugen und liebenswürdigen Tiroler Bracke. Die Nacht verbrachte er in einer ungenutzten Hirtenhütte oder auf einer der beiden Alpenvereinshütten des Gebietes. Seine Frau hingegen, die sich nach getaner Arbeit im leeren Haus langweilen mochte, suchte die Unterhaltung im Dorf und man traf sie regelmäßig beim Plausch mit ihren Freundinnen vor der Haustür oder abends in geselliger Runde am Stammtisch der Dorfbewohner in der alten Gaststube. Begegnete man unterwegs dem Jäger, so unterhielt dieser sich längst nicht mit jedem. Und es war fast eine Auszeichnung, wenn er bei einer Begegnung nicht nur kurz stehen blieb, sondern sich sogar zu einer Unterhaltung herbeiließ.

Der langjährige Gast gehörte zu jenen – fast möchte man sagen – Privilegierten, die das Recht erworben hatten, dem wortkargen Jäger eine kleine Unterhaltung abzugewinnen. Vielleicht lag es auch an seinen für einen Laien recht gut formulierten Fragen, die im Jäger den Eindruck geweckt haben mochten, dass seine Antworten und Auskünfte in verständige Ohren fielen, soweit dies bei einem Laien überhaupt möglich sein konnte. Denn eigentlich trug er einen ungeheuren Berg aus Fachwissen seiner Zunft, angereichert mit unzähligen Beobachtungen der Natur mit sich, die seine Nachdenklichkeit speisten. Wenn ein Gesprächspartner allzu unverständig war, so mochte er ihm einen Streich spielen und ihm eine Portion Jägerlatein auftischen.

Über längere Zeiträume – wir reden hier von Jahren, vielen Jahren – hatte sich eine gewisse Vertrautheit entwickelt, gepaart mit einer thematischen Nachhaltigkeit. Der bergsteigerisch versierte Gast hielt sich ja ebenfalls in den Regionen des Jägers auf und hatte auf seinen zahlreichen Touren manche Gelegenheit, die Tiere des Reviers zu beobachten, allerdings mit der sehr beschränkten Einsichtnahme des Berggehers. Denn er bekam das Dasein der Tiere nur bruchstückhaft und eher zufällig mit. Er kannte weder ihre Quartiere noch ihre Wege. Doch es bildeten sich Fragen nach Verhalten und Lebensweisen der Tiere, die er schließlich dem Jäger stellte – wenn man sich denn einmal begegnete. Dann aber entstand immer wieder eine interessante Unterhaltung über das Verhalten der größeren Tiere in seinem Revier. Dachse, Rotwild, Füchse, Rehe – und weiter oben, oberhalb der Baumgrenze, Gämsen, Steinböcke und Murmeltiere sowie die gefiederten Revierbewohner wie Auerhähne, Alpendohlen, Bergkrähen, Schneehühner, seltene Kolkraben und neuerdings Bartgeier, sowie Steinadler.

Aber auch Fragen zum tierischen Geschehen in seiner Gesamtheit tauchten auf, nämlich, woher es komme, dass die Bestände in den vergangenen Jahrzehnten sich erholt hätten oder sogar auf dem Vormarsch seien. Und der Jäger hatte ihm dazu in einem Satz seine Erklärung geliefert: Der Mensch lasse Umwelt und Tiere in Ruhe – jedenfalls hier im Naturpark Lechtal. Aber es seien nicht nur die strengen Schutzregelungen dieses Naturparks, sondern da spielten ganz andere Faktoren eine Rolle, etwa der Rückzug der Bergbauern. Der Mensch und seine Nutztiere würden nicht mehr als direkte Nahrungs- und Lebensraumkonkurrenten der wilden Tiere auftreten und auch die Jagd sei nur noch ein Hobby betuchter Jagdherren, denen es eher um die gelungene Pirsch und die Trophäe gehe und weniger um das verwertbare Fleisch. Von den übrigen Resten eines Tierkadavers ganz zu schweigen. Diese Bestandteile würden nicht benötigt. Auch seien Dachs- oder Murmeltierfett aus der Mode gekommen. Und so würde sich der Lebensraum, den der Mensch der Natur zurückgegeben habe, wieder mit allem, was da kreucht und fleucht, auffüllen. Der einzige Störenfried und Fälscher der Lebensbedingungen sei nun mal der Mensch, ja – mea culpa – auch er, der Jäger, habe da seine Hand im Spiel. Die Wildfütterung im Winter trage sicher dazu bei, den Reh- und Rotwildbestand etwas höher zu halten als dies bei einer natürlichen Auslese der Fall wäre, aber man müsse ja reichen Jagdherren schöne, gut genährte Tiere vor die Büchse treiben. Diese Konzession war ihm reichlich unangenehm, wie überhaupt sein Abhängigkeitsverhältnis. Einmal hatte er dem Besucher sogar gestanden, dass er viel lieber Bauer geworden wäre. Aber er habe sich mit dem Vater einfach nicht verständigen können, der ein ziemlich unduldsamer und herrischer Mensch gewesen sei. Auch der jüngere Bruder sei mit dem Alten nicht zurechtgekommen und so sei die Kirchenpacht nach dem Tod des Vaters wieder erloschen. Nun, dachte der Gast, in seinen besten Zeiten sei der Jäger seinem Vater nicht unähnlich gewesen. Aber die Altersmilde mache doch erfreuliche Fortschritte in diesem Menschen.

Der Gast konnte dem Jäger die Jagdherren-Geschichte gewissermaßen von der anderen Seite her bestätigen. In seinem Unternehmen im fernen Westdeutschland war ein Vorstand passionierter Jäger. Wenn die Jagd erfolgreich war, gab es in der Firmenkantine Hirschragout mit Spätzle und Preiselbeeren. Und die Mitarbeiter hatten keine Vorstellung davon, wie astronomisch hoch der Kilopreis des Ragouts war, wenn man alle Kosten zusammenrechnen würde, die entstanden waren, bis endlich die paar Brocken Fleisch auf ihrem Teller gelandet waren. Nun, das Fleisch war nur ein Nebenprodukt. Entscheidend war der Abschuss mitsamt Trophäe. Hochrangigen und bedeutenden Geschäftspartnern musste man schon Außergewöhnliches bieten und das Finanzamt zeigte dafür fiskalisches Verständnis.

Mit den Jahren sei alles, abgesehen vom modernen Hobby-Jagdbetrieb, zum alten Gleichgewicht zurückgekehrt, sozusagen zum vormenschlichen Zustand, fuhr der Jäger in seinen Betrachtungen fort, jedenfalls habe es den Anschein. Denn man wisse ja nicht alles. Es könne sein, dass der Mensch das empfindliche Gleichgewicht der Biosphäre durch schädliche Einflussnahme auf das Klima oder die Produktion von neuen Schadstoffen und Abgasen störe oder gar ernsthaft beschädige.

Derzeit sehe hier im Naturpark alles so aus, als könnte sich die Natur halbwegs ungestört vom Menschen ihrem Existieren widmen. Und das A und O seien in diesem Zusammenhang solide Nahrungsketten, ja ein komplexes Geflecht ineinandergreifender Nahrungsketten. Das Nahrungsangebot für die Pflanzenfresser sei üppig, was diese mit vermehrter Fortpflanzung beantworteten. Die Allesfresser und reinen Fleischfresser könnten sich darüber nur freuen. Auch ihr Speisezettel sei wieder nahrhaft und gut gefüllt. Und wenn die Tiere gut im Futter stehen, dann vermehren sie sich, bis wieder alles im Gleichgewicht ist. Es sei unglaublich, wie fein Nahrungsangebot und Nahrungsnachfrage und die verschiedenen Populationen aufeinander abgestimmt seien und den Bestand der Arten regulierten. Ein äußerst komplexes Zusammenspiel mit dem Ziel, viele Gleichgewichte zu erhalten und somit die gleichzeitige Existenz zahlreicher Arten zu garantieren – ein dicht gewobener Teppich tierischen Lebens, nicht anders als das dicke Pflanzengeflecht der Mähder.

Der Hund des Jägers, den dieser schon als Welpe angenommen und ausgebildet hatte, lief lautlos und gemächlich ein paar Meter vor ihnen, und zwar Pfoten schonend auf der Grasnarbe neben dem geschotterten Forstweg. Sein Bewegungsablauf hatte etwas Fließendes, das sich in seinem glänzenden Fell spiegelte. Und obwohl es doch ein verhältnismäßig kleines Tier war, spürte man die Muskelkraft und die Ausdauer, die dem Hund innewohnten. Zu schnüffeln gab es offenkundig kaum etwas und zu markieren nur wenig, bisweilen vielleicht eine Fuchsspur. Er war hier der einzige Hund weit und breit und zu Hause in seinem Revier wie sein Herr. Bisweilen blickte er kurz zurück und der Wanderer erhaschte den Anblick der klugen und ruhigen Augen dieses Tieres. Ja, ganz eindeutig, diese braunen Augen schauten ihn an, offenbar wohlwollend, als wäre dem Tier deutlich bewusst, dass dieser Mensch mit seinem Herrn in einem freundschaftlichen Gespräch über Tiere, also seinesgleichen, begriffen war.

Und während sie sich unterhielten und von der Talstation der Materialseilbahn unterhalb der Hütte, wo sie sich getroffen hatten, Richtung Dorf abstiegen, entdeckte der Wanderer in recht geringer Entfernung einen Steinadler, der mit einem Mal über dem Felsabbruch in nicht allzu großer Höhe über ihnen aufgetaucht war und jetzt an den mit Latschengruppen bestandenen grasbewachsenen Hängen entlang segelte. Er war auf der Jagd, spähte nach Beute. Der Jäger blickte seinerseits empor und sagte seinem Begleiter nach einem kurzen Augenblick, dass dieser Vogel das Männchen eines im Fundais beheimateten Paares sei. Ihr Horst befinde sich unten in den Südwestabstürzen der Klammspitze und das Weibchen sei beim Brüten. Die Küken müssten jetzt, Mitte Juni, schon geschlüpft sein.

Nun hatte der Steinadler im Lechtal dank der tatkräftigen Anna Knittel eine gewisse Berühmtheit erlangt. Der Jäger hatte allerdings für diese Bauernlegende des blutrünstigen Raubvogels, der die Schafherden dezimierte, nur ein müdes Lächeln übrig. Die Leute tun so, erklärte er mit verächtlichem Unterton, als würden sich Adler vermehren wie die Kaninchen, wie eine Mäuse- oder Rattenplage über ihre Scheunen kommen und sie plündern wie einst die Vandalen Rom. Dabei sei der Adler – wie alle Raubvögel – ein Vertreter ausgesprochen strenger Vermehrungsprinzipien. In Wahrheit hatten die Bergbauern ihre Schafherden vergrößert und immer höher getrieben, gewissermaßen dem Adler vor die Fänge. Und dieser reagierte nun mal folgerichtig auf das vom Menschen erhöhte Nahrungsangebot. Vielleicht habe er sich ja verwundert die Adleraugen gerieben angesichts dieses Schlaraffenlandes, das der Mensch ihm da bis unters Nest, in seinem Jagdgebiet bereitete.

Der Jäger hegte einen gewissen Groll der Almwirtschaft gegenüber und nutzte die Gelegenheit zu einem Seitenhieb auf gewisse verlotterte Hochalmen, wo es der Beihirte nicht für nötig befand, Pferdeäpfel und Kuhfladen, wenn sie abgetrocknet waren, zu verstreuen. Der Wanderer wusste, an welche Alm der Jäger wohl denken mochte und musste schmunzeln. Galtviehalmen seien ohnehin ein Hygienekapitel für sich. Allerdings musste er in diesem Fall dem Jäger recht geben, die Hirten dort waren wirklich ziemlich unordentliche Faulpelze, die sich den Unmut des Jägers redlich verdient hatten.

Der Hirte und sein Hütejunge hausten auf einer mit Huflattichfeldern und dichten Brennesselbüschen bestandenen kleine Anhöhe und zugleich flachen Senke. Bei Regen war der zugewucherte Pfad zu ihrer primitiven Hütte fast unpassierbar. Das Vieh gehörte Bauern aus dem Inntal aus der Nähe von Tarrenz, wie er es im Dorf hatte in Erfahrung bringen können. Einmal war er sogar bis zur Hütte gelaufen und hatte auf einen kleinen Plausch gehofft. Aber der Hirte war noch weniger gesprächig als der Jäger, sprach im breitesten Dialekt und den auch noch brockenhaft. Mit wem mochte er dieses Lautegeröll kommunizieren? Jedenfalls war der Besucher nach wenigen Minuten unverrichteter Dinge wieder abgezogen.

Man kehrte zu den Bergbauern vergangener Zeiten zurück. Was solle er dazu sagen, nahm der Jäger das Thema der damaligen Wechselbeziehung zwischen Bergbauern und Adler wieder auf. Während die Bauern ihre Güter erbteilten und nochmals erbteilten, bis der letzte Grashalm von den höchsten Bergwiesen gekratzt war und sie ihre Sippen nicht mehr ausreichend ernähren konnten, hatten die Adler das Modell der an das Nahrungsangebot angepassten festen Reviere hervorgebracht, die von jeweils einem Adlerpaar gewissermaßen bewirtschaftet wurden. Gibt es ein gutes Nahrungsangebot, fallen die Reviere kleiner aus, bei magerem Angebot vergrößern sie sich. Das kann in den hiesigen Breiten zwischen 30 km^2 und 100 km^2 schwanken, im Schnitt liegen die Reviere derzeit bei 50 km^2 – also ein guter Mittelwert. Der Alpenraum ist noch nicht vollständig neu besiedelt, der Nachwuchs hat also noch reichlich unbesetzte Räume in Besitz zu nehmen und in Reviere aufzuteilen. Freilich gebe es auch Revierkämpfe, bisweilen sogar mit tödlichem Ausgang, aber das gehöre einfach zu den Selbstregulierungsmechanismen der Art.

Das Pärchen hier jagt bis zum Hahntenne. Gegenüber im Falschkogelgebiet und dem Plötzigtal hat sich ein anderes Adlerpaar angesiedelt. Und die kommen sich nicht ins Gehege. Die überwachen ihren Luftraum mit Argusaugen. Der Wanderer steuerte amüsiert die Bemerkung bei, dass man das ja wohl auch von den Jägern und ihren Jagdrevieren sagen könne. Wehe, da wagt einer, einen Hirsch zu schießen, der auf dem Gebiet des anderen sein Einstandsquartier hat. – Das sei ja wohl auch richtig so, wo käme man denn hin, wenn der eine beim anderen wildern täte, versetzte der Jäger entrüstet. Nun ja, die Tiere halten sich eben nicht an die Reviergrenzen und so manches schöne Tier wechselt zwischen zwei oder mehr Jagdrevieren. Da ist die Versuchung natürlich groß, ein Tier, das eigentlich im Revier des Nachbarn beheimatet ist, dennoch zu erlegen, wenn es an der einen oder anderen Stelle einen Wechsel ins eigene Revier besitzt. Man schießt dann zwar den Bock „des anderen", allerdings auf dem Boden des eigenen Reviers. Das ist zwar nicht rechtswidrig, aber illoyal, gilt als unfreundlicher Akt. Dazu sollte es allerdings nicht kommen. Denn die Jäger der benachbarten Reviere kannten sich gut und trafen in derartigen Fällen faire Absprachen.

Der Wanderer versuchte, der Adlerpopulation nachzuspüren und stellte dem Jäger die Frage, ob es denn bei den Adlern zu Überpopulationen kommen könne? – Davon habe er noch nicht gehört, erwiderte der Jäger, und er halte dies auch für höchst unwahrscheinlich. Die Revierkämpfe seien da schon eine Bremse. Aber es gebe da noch eine andere, äußerst wirksame Vermehrungsbremse, die schon beim Gelege anfange. Mehr als zwei Eier pro Jahr würden erst gar nicht gelegt. Manchmal auch nur eins, und selten vielleicht mal drei. Was gelegt sei, werde auch brav ausgebrütet. Da mache das Adlerweibchen keinen Unterschied. Daran habe sich auch in den besten Zeiten, also in den Zeiten, als die Bauern ihre Bergwirtschaft auf die Spitze trieben und glaubten, die Adler würden sich hemmungslos vermehren, nichts geändert. In Wirklichkeit hatte das zusätzliche Beuteangebot zur Verkleinerung der Reviere und somit zu einer moderaten Vergrößerung der Adlerpopulation geführt, die aber nie aus ihrem Gleichgewicht geraten könne. Also bis auf die Käfiggröße des

Innsbrucker Alpenzoos ließen sich die Reviere wohl kaum reduzieren, selbst wenn man die Nahrung unter einem Horst stapeln würde.

Und da passiere noch etwas Erstaunliches während der Fütterung der Jungen. Es sei ja so, dass die Küken nicht zeitgleich schlüpfen, sondern zeitlich um ein kleines Intervall von vielleicht zwei bis vier Tagen versetzt. Dadurch bekomme das zuerst Geborene einen kleinen Ernährungsvorsprung und sei einen Kick kräftiger als der Zweitgeborene. Dies wirke sich nicht aus, wenn das Nahrungsangebot reichlich ist. In dem Fall füttern die Elterntiere beide Jungen durch. Das Männchen schleppt während der Aufzucht die Beute an, das Weibchen zerteilt sie und füttert die Jungen, die selbst noch keine Nahrung aufnehmen können. – Was damit gemeint sei, erkundigte sich der Wanderer. – Die Jungen können selbst noch nicht schlingen, erklärte der Jäger, ihr Schlund sei noch nicht entsprechend ausgebildet. Deshalb müsse das Weibchen die Beute in Brocken zerreißen und tief in den Schlund des Kükens stecken. Man könne sich vorstellen, dass der Stärkere zuerst bedient werde, weil er sich einfach vordränge. Kann das Männchen reichlich Beute herbeischaffen, dann werde dem Älteren der Schlund so gut gestopft, dass er den Hals voll habe, und noch genug für den Jüngeren übrig bleibe. Das Weibchen füttert also nach dem Motto „Der nächstgelegene Schlund werde automatisch als Erster gestopft, und zwar so lange, bis er nicht mehr aufgeht".

Der Jäger lachte, ja, so könne man sich die Sache wohl vorstellen. Wer zuerst kommt, mahlt zuerst. Nun, bei sehr guten Jagdbedingungen und Erfolg schleppt das Männchen tatsächlich Nahrung in einem Umfang und einem Rhythmus heran, die für das Durchkommen beider Jungtiere ausreichen. Ist die Jagdausbeute jedoch magerer, drängt sich der Stärkere laufend vor, der Schwächere (in der Regel der Jüngere) kommt nicht mehr dran und stirbt langsam den Hungertod. Zuerst versucht er zu kämpfen, dann wird er immer schwächer, und zum Schluss wirft ihn das siegreiche Jungtier aus dem Horst.

Immerhin fresse er sein jüngeres Geschwister nicht auf. – Nein, sagte der Jäger, aktiv Nahrung aufnehmen und Beute zerteilen könne er erst nach zwei Monaten. Er müsse noch gefüttert werden. Und das Weibchen rühre das sterbende Küken nicht an.

Ganz extrem sei dieser Geschwistermord bei den Schreiadlern. Bei denen töte das zuerst geschlüpfte Junge systematisch den jüngeren. – Das sei ja ganz erstaunlich, sagte er, mit welcher Erklärung man denn diesem Verhalten auf die Spur kommen könne? – Hm, sagte der Jäger, man könne fast glauben, die Schreiadler wollen von Anfang an nur ein Jungtier großziehen. Vielleicht brüten sie das Zweite als „Ersatzjunges" aus, wenn dem ersten in den ersten Tagen etwas Unvorhergesehenes zustößt oder es vielleicht nicht lebensfähig ist. Diese Tötungsgeschichte passiert ja in den ersten Tagen der Aufzucht.

***

Du schlüpfst ins Leben und vor dir sitzt einer, der wird dich von deinem Leben abschneiden, dich aushungern, dir dein Leben wegfressen und dich in Kürze mit Fußtritten in den Orkus befördern. Du bist wehrlos und niemand denkt sich was dabei, niemand, du nicht, er nicht, eure Urheber nicht.

Höchstens der liebe Gott, aber wer interessiert sich schon für dessen Gedanken?

Man hat dir ein gottverlassenes Kurzleben verpasst. Deine Chance hättest du nur bekommen, wenn er, der andere, der vor dir ist, seine nicht genutzt hätte. Von euch beiden war auf jeden Fall einer überzählig und das Los fiel auf dich. Bald ist es vorbei mit dir und du hast weder die Zeit noch den Verstand, um zu erkennen, wie dir geschieht. Du kannst dein Schicksal nicht beschreiben, noch kannst du es kommunizieren und vielleicht Mitgefühl und Hilfe erzeugen. Bald fliegst du raus aus diesem beschissenen und stinkenden Nest, aber nicht zu deinem Jungfernflug (der ist dem anderen in die Wiege gelegt), sondern als armselige, erschöpfte Karkasse, ohne Flügelschlag und ohne das unbeschreibliche Gefühl, mit den Lüften und Räumen zu spielen. Nein, du wirst es nicht kennenlernen. Aber ist das wichtig? Wo dich doch nicht einmal der Hauch eines Traumes von diesem auf Flügeln getragenen Ätherleben streifen wird. Und sie werden weiter mit dem Luftraum spielen und in ihren beschissenen und stinkenden Nestern brütend hausen.

Aber wenn er nicht seine Chance hätte nutzen können (aus irgendwelchen Gründen), dann wärst du jetzt an seiner Stelle und nicht dabei zu verhungern und zu verrecken, weil er stärker und schneller ist als du und alles wegfrisst. Und er ist kein Vielfraß. Das Fressen, das die Alten anschleppen, reicht nur für einen und nicht für beide. Und da er stärker ist als du, drängt er sich vor und dich zurück und immer ist es sein Schlund, der bedient wird. Wie stupide und todsicher das doch alles ist. Dein bisschen Leben hingegen, das dir als Startkapital mitgegeben wurde, bleibt ungepäppelt und ist schnell aufgebraucht. Bald geht es über die Bordwand. Er stößt dich schon mit seinen Füßen, die bald kräftig genug sein werden, deine kümmerliche Restexistenz in den Abgrund zu befördern. Und in den Blicken, die er dir zuwirft, ist ein böses Glimmen. Dein Dasein beginnt ihn zu nerven. Sein Blick ist der Blick der Lebenden, er weiß, dass er in der Spur des Lebens ist und du schon tot bist. Du bist das Schattenleben des Lebens. Du lebst im Schatten des Lebens und dieser Schatten wächst und wächst, bis er dir zur Schwärze wird. Du wirst von ihm nicht einmal gefressen wie diese Beutetiere da, die von den Alten geschlagen, angeschleppt, zerstückelt und ihm in den Rachen gestopft werden.

Dich hingegen nehmen sie nicht wahr. Du bist gezeugtes Reserveleben, das verfällt, wenn sein Weiterleben nicht erforderlich ist. Eigentlich darf das alles niemals deutlich werden. Du bist nicht einmal Opfer, Opfer eines Mordanschlages. Du stirbst den systemischen Tod deiner eigenen Sippe, ganz unumwunden, in aller Schlichtheit. Diese Sippe hat die abgesicherte Prokreation entwickelt – warum auch immer. Jedenfalls hat sie sich etabliert und ist zum festen Anker ihres Fortbestands geworden.

Diese Form wurde gefunden und gelangte zum Einsatz. Und nun gehört sie zur Überlebensstrategie dieser Sippe. Es gibt keine andere Möglichkeit mehr, keine Alternative. Andere haben den offenen Infantizid erfunden. Man kann sich das nur so erklären, dass sich überschüssiges Leben innerhalb einer Art, einer Gruppe herausbildet. Häufig bei Raubtieren, denen offenbar die natürlichen Feinde fehlen, um ihren Bestand zu regulieren, oder Seuchen. So regulieren sie ihren Bestand selbst, indem sie den Überschuss eliminieren.

Die Adlersippe gehört dazu. Sie steht an der Spitze der gefiederten Prädatoren dieser Welt. Sie hat keine Fressfeinde, sondern ist selbst der Fressfeind anderer. Aber sie besitzt für sie unsichtbare Grenzen. Ihr Raum ist ihre Grenze und die respektieren sie. Sie passen ihre Population genau an den zur Verfügung stehenden Raum und sein Nahrungsangebot an. Vielleicht kommen sie ja an ihr Fortpflanzungsverhalten nicht ran und es ergab sich dieser Weg, um – angenommen – spätere blutige Überlebenskämpfe unter den heranwachsenden und erwachsenen Tieren zu vermeiden. Denn das überzählige Leben hätte sich ja als Störfaktor bemerkbar machen müssen. Vielleicht hätte eine solche Entwicklung zu größten Störungen im Fortpflanzungsverhalten geführt und die Energien der Art vergeudet. Und die Tiere verfügen nun mal nicht über die Intelligenz, ihre Lebensräume immer wieder neu zu gestalten, zu erweitern oder zu verdichten, um Platz für mehr eigenes Leben zu schaffen – wie es der Mensch mühsam und verwickelt in einem Sack voller blutiger Widersprüche und Katastrophen versucht.

***

„Schau mal, was ein Bergsteiger mitgebracht hat." Der Jäger nahm einen Plastikbeutel aus seinem Rucksack. Er öffnete den Beutel und zog sorgsam ein undefinierbares und verschmutztes Gebilde hervor, das sich bei näherem Hinsehen als ein Vogelkadaver erwies. Der Wanderer machte ein fragendes Gesicht, betrachtete das Häufchen, sein Blick blieb am vergleichsweise überdimensionierten Schnabel und an den riesigen Krallen hängen. – „Ein Adlerküken?", fragte er schließlich zögernd. – „Ja, unterhalb vom Horst im Fundais. Erinnerst du dich an unser Gespräch im Angerletal?" – „Ja, freilich. Aus dem Nest geworfen?" – „Ja, ein Bergsteiger hat's zufällig gefunden, bevor es der Fuchs mitnimmt." – „Mit anderen Worten, das andere Junge gedeiht prächtig." – „Ja, so ist es." Und der Jäger fügte mit einem unsichtbaren, fatalistischen Schulterzucken hinzu: „Die Natur ist grausam."

Der Wanderer glaubte zu verstehen, dass der Jäger mit der Grausamkeit der Natur keineswegs ein ethisch verwerfliches Geschehen meinte, sondern zum Ausdruck bringen wollte, dass das Töten von Lebewesen, auch innerhalb der eigenen Art, ein Gesetz war, das der Mensch anerkennen musste. Und damit war nicht nur das Töten von Beutetieren durch Raubtiere gemeint, sondern dieses unsichtbare Gesetz der Grenzen des Lebensraums der Arten. Nichts und niemand werde jemals diese Barriere niederreißen. Das überschüssige Leben zerschellt an dieser Grenze, wie das auf dem Felsen aufschlagende Adlerküken, dessen Schicksal es war, dem Grenzmechanismus seiner Art zum Opfer zu fallen, der von den Reviergrenzen des Adlerpaares errichtet wurde, weil dieses Revier nur die Nahrung für ein Jungtier lieferte. Warum nur mochte sich immer wieder überschüssiges Leben bilden?

In der Natur gab es noch unzählige andere Mechanismen, um diesen geheimnisvollen Lebensüberschuss zu kontrollieren. Einen hatte der Wanderer ebenfalls aus dem Mund des Jägers erfahren: Wie im Winter vom Hunger getriebene geschwächte Gämsen ihre Vorsicht verlieren, zu Tode stürzen oder unter Lawinen geraten. Auch in diesem Fall wurden Grenzen gezogen. Aber auch Tierseuchen wie Tollwut setzen dem Leben bestimmter Tierarten Grenzen. All das verdichtete sich in der Vorstellung der „grausamen Natur", die sich der Jäger sicher im ständigen engen Kontakt mit dem Wild gebildet hatte.

Auch die Menschen hier, dachte der Wanderer, sind Grenzbewohner und ihr Expansionswille stand historisch permanent im Konflikt mit den natürlichen Grenzen ihres Lebensraums. Diese Grenzen machten sie erfinderisch, trieben sie bis an ihren äußerst möglichen Rand und nie war es genug. Wo immer sich eine Gelegenheit bot, versuchten sie, ihre Grenzen vorsichtig zu verschieben. Aber es gab auch Grenzen, die ständige Kampfzonen waren. Und ihm stand mit einem Mal deutlich vor Augen, wie sie unter ihrer Überbevölkerung gelitten haben mochten, die ihnen das „Wachset und mehret euch" ihrer Religion – auch in den strengen Grenzen der Ehe – aufgegeben und ihnen einen unlösbaren Konflikt mit den Grenzen ihrer wirtschaftlichen Basis eingebracht hatte. Was hatten sie nicht alles versucht, um diesen permanenten Widerspruch in den Griff zu bekommen? Nein, sie waren keine Adler mit diesem brutalen Regulierungsinstrument des Geschwistertötens – Brudermord könne man es ja nicht nennen. Der Stärkere tue einfach das, was der Stärkere tut, und verdränge das überschüssige Schwächere, um die Gleichgewichte zu erfüllen, die seine Art als Überlebensstrategie praktizierten. Aber die Menschen dachten nicht so, versuchten alles, um sich diesem Gesetz nicht zu unterwerfen. Die Geschichte der „Schwabenkinder" hatte sich als extreme Grenzerfahrung in ihrem kollektiven Gedächtnis eingeschrieben. Sie hatten durchgehalten und auch diese Epoche bitterer Armut überstanden. Eine beeindruckende kollektive Widerstandskraft musste diese Menschen beseelt haben. Heute haben die Menschen des Tals diesen Widerspruch überwunden – jedenfalls bis auf Weiteres im Rahmen ihrer neuen bürgerlichen Welt, die ihnen brutale Grenzerfahrungen zu ersparen scheint. Doch niemand vermag wirklich zu wissen, in welche neuen unerkannten oder noch nicht überschaubaren Grenz- und Kampfzonen die heutigen Menschen – sie selbst – vordringen und von ihnen auf die Probe gestellt werden. Man spricht von Klimawandel oder Erderwärmung und nicht wenige glauben, dass die Menschen einen Konflikt mit ihrem Planeten heraufbeschwören, wie es ihn in der Menschheitsgeschichte noch nie gegeben hatte.

Begegnung am Berg

Das Flachstück im unteren Teil des Anstiegs nahm der Bergsteiger gesetzten Alters mit ausgreifenden Schritten in Angriff und summte heiter den Schlager aller Bergvagabunden „Wenn wir erklimmen schwindelnde Höhen". Bisweilen stand ihm einfach der Sinn nach einer einsamen Bergtour. Dann benötigte er seinen Freigang, den Abstand zu seinem Großstadtleben und auch zu seinen Lieben. Seine Frau gönnte ihm diese persönliche Freiheit, umso mehr, als er in aller Regel recht aufgeräumt zurückkehrte und gern Erlebnisse, Beobachtungen, Eindrücke oder Gedanken mitbrachte, die in ihren gemeinsamen Gesprächen ihren Platz fanden. Doch es gab auch Momente in ihrer Beziehung, wo Zweifel an ihrem Mann sie befielen, und sie sich fragte, ob sie nicht vielleicht an einen Bergschrat geraten sei. Seine Wanderungen vermittelten ihm das erhebende Gefühl, den Niederungen seines Alltags zu entsteigen – was er im eigentlichen Wortsinn zu begreifen schien. Mit jedem Meter Höhe, den er gewann, schüttelte er die Automatismen, Zwänge und Schatten seiner Zivilisation aus Geist und Gliedern wie ein Hund, der aus dem Wasser steigt, sein Fell ausgiebig schüttelt und vom Wasser erleichtert frohgemut weitertrottet.

Nach gut zwanzig Minuten endete der recht sanft durch die Weiden und kleine Latschengruppen ansteigende Pfad abrupt am Fuß einer steilen, mit Geröll gefüllten Rinne. Warum sich in diesem kurzen Abschnitt kein Steig hatte bilden können, wurde ihm eines Tages klar, als ihm eine Herde Galt- und Trockenvieh vom Jöchl entgegenkam. Er hatte auf einem Felsen am Rand gewartet und den Tieren bei ihrem Abstieg durch die Rinne zugeschaut. Sie rückten eng zusammen und überwanden die Passage gewissermaßen als Block, indem sie sich zu zweit oder gar zu dritt gegenseitig stützten. So war die breite pfadlose Geröllspur entstanden, in der die Bergwanderer ihre Tritte suchen mussten. In kleinen, vorsichtigen Zickzackbewegungen überwand er die rutschige Stelle und erreichte am Ende der Passage und vielleicht zwanzig Meter höher einen Felsvorsprung mit einer kleinen Kanzel. Hier legte er eine Stehpause ein. Gewissermaßen als Belohnung für die Kraftanstrengung in der Rinne weitete sich das Blickfeld. Gegenüber leuchteten die zerklüfteten Felsen des Sparketgrats in der Morgensonne, die mit ihrem Licht den dunklen Flächen der riesigen Kare zu Leibe rückte, die sich bis an den Rand der Straße ausdehnten. Gegen Süden und weiter unten ahnte man die tiefe Einkerbung des Oberinntals. Und viel weiter noch im Hintergrund erhoben sich die weiß blinkenden Gipfel der Pitztaler und Ötztaler Alpen. Er nahm einen tiefen Atemzug von der frischen Morgenluft. Ja, wie oft schon war er hoch oben in den Felsregionen unterwegs gewesen und auch heute würde er wieder einen Gipfel aufsuchen, einen bescheidenen mit leichter Kraxelei, passend zu seinen bergsteigerischen Ambitionen. Unten breiteten sich die grünen Weideflächen des von der Sonne noch unberührten Jochs, mit einigen Kühen beim Frühstück. Der träge Klang ihrer Glocken war deutlich zu vernehmen, untermalte sanft die Stille oder schien von ihr Kunde zu geben.

Die Idylle währte nicht lang, denn mit einem Mal drangen anschwellende Motorengeräusche unsanft in seine Ohren. Von Imst kommend jagte ein Pulk von fünf Motorrädern die Jochstraße empor. In der Haarnadelkurve kurz unterhalb der Höhe ebbte das knurrende Gebrumm ab, um in der Beschleunigung aus der Kurve gleich gegenüber heraus eine ohrenbetäubende Lautstärke zu entfalten. Das weidende Vieh ließ sich nicht aus der Ruhe bringen, die Tiere waren schon abgehärtet. So, nun hatte ihn seine Welt wieder eingeholt. Er wollte sich ihr entziehen, sich räumlich und innerlich für ein paar Stunden von ihr davonschleichen. Hatte sich heimlich gedacht: aus den Augen, aus den Ohren, aus dem Sinn.

„Wie kann man nur die Stille dieses Morgens mit solchen unsäglichen Geräuschen zerstören?", dachte er missbilligend, während sich der Motorenlärm langsam verlor und er seinen Aufstieg fortsetzte. Nicht einmal mehr am Berg werde man in Ruhe gelassen. Zugleich wurde ihm seine Ohnmacht bewusst. Und wenn sein Wandern in den Bergen am Ende nur ein Verdrängungsritual war? Dann werde er sich noch oft beim Weglaufen ertappen müssen. Und so wie die Entwicklung der hochalpinen Erschließung aussah, werde immer mehr moderne Technik – auch lärmende – immer höher emporgetragen werden. Zwangsläufig werden sich seine Wege mit ihr kreuzen. Und Horrorbilder wie Pommesbuden unterm Gipfelkreuz krochen in ihm empor. Vielleicht würde gar ein Firmenlogo das Gipfelkreuz ersetzen, mit nächtlich blinkenden Botschaften. Erschreckende Vorstellung.

Er setzte sich in Bewegung und um ihn her schloss sich wieder die wundersame stoffliche Dichte, die der taufrische Morgen schenkte. Der Steig führte in sie hinein und bahnte inmitten von Felsen, Geröll, Erde, Pflanzen, Wurzeln und Gesträuch eine angenehme Spur des Vorankommens.

Verdrängung – der Gedanke ließ sich nicht beiseiteschieben und doch mochte er es nicht glauben. Das sei doch unmöglich, wies er sich zurecht. Hier oben fühlte er sich als Gast der Natur, erlebte sich gar als Teil von ihr und genoss den unmittelbaren Kontakt mit ihr. Er durchwanderte sie auf schmalen Pfaden und Steigen, hielt Zwiesprache mit ihr. Immer wieder pflegte er eine stumme „communio", von der er glaubte, dass sie den Ursprung der Kommunikation mit der Welt bildete. Eine Innigkeit, die in seinem alltäglichen Leben unauffindbar war. Hier herrschte das pure Dasein und er nahm daran teil, mit seinen Sinnen und von ganzem Herzen. Und zugleich schien er innerlich vollständig zu verstummen, um nichts von der Welt um ihn her zu verpassen.

Derweil die ersten Schweißperlen auf der Stirn ihn daran erinnerten, dass nichts „schwebeleicht" war in seinem Leben, sondern immer mit Arbeit und Mühsal verbunden. Die steigende Morgensonne drängte die Schatten tiefer in die Kare und Täler zurück. Die Luft erwärmte sich leicht. Er verspürte sie als äußere Hülle und hätte sie am liebsten mit Händen gegriffen.

***

Vor ihm tauchten zwei Gestalten auf, die ziemlich langsam bergauf liefen, denn er verringerte den Abstand recht schnell. Es mussten ältere Menschen sein. Er rückte näher und stellte fest, dass es ältere Frauen waren. Sie hörten ihn, blickten sich um, blieben stehen und stellten aus. Jetzt sah er ihre in Falten und Furchen gelegten Gesichter, gefüllt mit einem freundlichen Lächeln. Meine Güte, die waren ja wirklich alt. Steinalt, mochte er nicht denken, das erschien ihm despektierlich.

Er verlangsamte seine Schritte, blieb etwas unterhalb der beiden Frauen stehen. Machte eine Handbewegung Richtung Joch. „Guten Morgen, gehts auch aufs Jöchl?" – „Ja, freilich." – „Und nachher, auf die Anhalter?" – Ja, und dann durchs Plötzigtal bis zur Bushaltestelle und mit dem Wanderbus zurück nach Bschlabs, wo sie logierten. – Respekt, das sei doch eine schöne Tour. Er sei schrecklich neugierig und wolle gern ihr Alter wissen. Ältere Menschen machten ihm immer Mut und Hoffnung, auch selbst noch länger am Berg zu wandern. – Zweiundachtzig und vierundachtzig, war die Antwort. Und sie erzählten ihm, dass sie diesen Weg viele Jahre mit einer guten Freundin gegangen seien, die aber leider im vergangenen Jahr verstorben sei. So gingen sie heute diesen Weg zur Erinnerung und zum Gedenken an ihre gute Weggefährtin und Freundin. Und während sie zu ihm sprachen, lagen in ihren Augen Freundlichkeit und Wohlwollen, die sich auf ihn zu übertragen schienen. Schließlich versprachen sie ihm noch viele schöne Bergtouren. Sie wünschten sich einen angenehmen Tag. Er ging voraus, hatte sie bald hinter sich gelassen. Weiter oben hielt er an, sah sich um, aber sie waren im Gelände verschwunden.

Die Begegnung ging ihm durch den Kopf. Etwas hatte ihn verwundert. Er setzte seinen Aufstieg fort. Doch nach einiger Zeit legte er eine Pause ein und setzte sich auf einen Stein, um seine Eindrücke zu sortieren. So vielen Menschen war er schon auf seinen Wanderungen begegnet. Aber diese beiden alten Frauen hatten einen besonderen Eindruck hinterlassen. Ihre ungewöhnliche Rüstigkeit, ja intensive Lebendigkeit, ihr hohes Alter mit den Falten eines langen Lebens im Gesicht und dieser Gedanke, einen Weg zu gehen, den sie mit einer Berg-kameradin gegangen waren, diesem Menschen zu Ehren und im Gedenken. Diese doch sehr persönliche Aussage so frei-mütig ihm, einem unbekannten Wanderer, gegenüber, der sich zufällig auf ihrem Weg befand, hatte ihn sonderbar berührt. Und ganz zum Schluss ihr Versprechen – wie kamen sie dar-auf? Er forschte nach dem Sinn ihrer Worte, die ihn berührt hatten, als hätten die beiden Frauen in seine Seele geblickt und sich an sie gerichtet.

Immer deutlicher nahm in ihm die Vorstellung Gestalt an, dass sich eine verborgene Kommunikation in ihrer Begeg-nung entfaltet und ihm ein Verstehen geschenkt hatte, das ihm bisher unzugänglich gewesen war. Etwas, das er wohl geahnt, ja immer schon gesucht hatte, aber das sich ihm nicht zeigen konnte, weil ihm das entscheidende Zutrauen fehlte. Die bei-den Frauen hatten ihn mit ihren Worten in eine Dimension jenseits des zähen Begriffedickichts geführt, welches das Da-sein der Menschen absorbierte und das Miteinander so uner-giebig erscheinen ließ. Ihre Worte hatten eine ungewöhnliche Vertrautheit hergestellt. Sie hatten „wahr" gesprochen, unver-stellt und unverhohlen. Darüber bestand für ihn kein Zwei-fel. Sie schienen zur Gemeinschaft der Kommunizierenden zu gehören, hielten sich im Reich der Unmittelbarkeit und ihrer Transparenz auf und verfügten über die rechten Worte.

Im Augenblick durchfuhr ihn der wundersame Gedanke, dass er vielleicht zwei Saligen begegnet war, die ihm mit ihren Worten einen Zutritt zum höheren Verstehen geschenkt hat-ten. Sie waren ihm in dem Augenblick begegnet, als er mit der Natur stumme Zwiesprache hielt und ihm die Worte fehlten.

Da mussten sie die wundersame Gestalt der geheimnisvoll berührenden Worte angenommen haben. Und er stellte die Verbindung her zu seinem unentwegten Aufsuchen der Natur. Gewiss hatten die beiden alten Frauen ihm seine Nähe zur Natur in einem neuen Bedeutungszusammenhang gezeigt. Ja, die Betrachtung der Natur ließ diese als Mittlerin zum menschlichen Verstehen seiner Welt erscheinen. Die Natur war nicht seine Flucht vor dem Lärm der Welt, sondern seine Hilfe, seine Schule vertrauensvoller Kommunikation. Unbewusst, gleichsam blind hatte er sich immer wieder ihr zugewandt und anvertraut. Jetzt endlich schlug er die inneren Augen auf.

Eindrucksvoll gegliedert füllte die gewaltige Welt um ihn her alle Horizonte. Nein, die Natur war keine Illusion, sie war Transformation wie alles – auch alles, was der Mensch ist und unternimmt. Und er begriff mit einem Mal das Bedeutsame: Die Natur war ohne Arg, war unverfälschte und unfälschbare Wirklichkeit, Quelle und Ziel aller Wirklichkeit. Ohne Arg, wiederholte er sich, als wollte er sich eindringlich dazu anhalten, diesen Wesenszug ja nicht zu vergessen. Ohne Arg oder eben wahr. Diese beiden Frauen waren wahr. Die Natur ist wahr. Freilich hatten ihre Geschöpfe Listen, Täuschungen und Tarnungen entwickelt. Arglist und aktive Selbsttäuschung als Bewusstseinstrübung hingegen hatte nur der Mensch zustande gebracht – vielleicht als besondere Herausforderung oder als Fluch? Jedenfalls waren sie seine Büchse der Pandora. Aus ihr quoll der Wahn aller Zeiten und heute der Zeichenkleister seiner Zivilisation, die so schrecklich manipulativ sein konnte. Wieder wurden unentwegt Leimruten aus Heuchelei und Schein gebastelt. Wieder wurzelten Aggression und Missachtung im Alltag. Und mit einem Mal traten die Worte der Dichterin in seinen Sinn, Worte, die er zurückbehalten, aber nie wirklich begriffen hatte: Von klebriger Spinnenhand war da die Rede oder vom Schein, der in ihren Pfannen und Krügen schäumte. Und er verstand, wie wichtig es für ihn war, die Natur außerhalb des Menschen als wahnfrei zu verstehen. Ihre Betrachtung und das Lesen in ihr befreiten das Bewusstsein des Betrachters und schützten vor dem Wahnhaften. Ja, die Anschauung der Natur war ein ständiges Annehmen, Einüben und Erfüllen unverhüllter Wirklichkeit.

Bisher hatte er seine Nähe zur Natur immer als Wahrnehmen und Fühlen empfunden, als einen Strom des sinnlichen Ergriffenseins. Jetzt aber trat etwas Neues hinzu: das Denkbare und das Sagbare. Seine Vorstellungen fanden mit einem Mal klare Worte und schienen sich zu strukturieren. Ihm wurde deutlich, dass er sich an der Quelle eines Verstehens befand, welches das Elend der Illusionierung, das sich die Menschen immer wieder bereiten mussten, überstieg und „in die Schranken wies". Hier war der Gegenpol, an dem bösartiger Wahn zerschellen musste. Der wahrnehmende Mensch fand nicht nur Trost und temporäres „Vergessen", sondern echte Stärke – die Stärke, den Wahn anzunehmen, anstatt ihn zu verdrängen, das geistige Vermögen, ihm zu widerstehen, ja ihm etwas von seiner Macht über die Menschen zu nehmen, von dieser Macht, die so oft in ihm schmerzhaft als offene Wunde pulsierte. Und er dachte, wie wahr es doch sei: Eine Wanderung voller Zwiesprache mit der Natur ließ so viele Begrifflichkeiten vom Geist abfallen, die den Wahn kultivierten und mit neuer Nahrung versahen. Andere Inhalte rückten in seinem Bewusstsein an ihre Stelle, ließen das wahnhafte Treiben um ihn her seine Wellen schlagen, ohne ihn zu verschlingen.

Und sogleich stellte sich die Verbindung zu den Menschen des Tals her. Wie oft hatte er sie recht unbedarft als „Naturmenschen" angesehen, ohne zum tieferen Verständnis ihres Wesens zu gelangen. Gerade die Alten mit ihrer schier verwitterten Gestalt nahmen in einer Art Mimetismus etwas vom Dolomitgrau der Berge um sie her an, nicht anders als ihr Grauvieh. Ihre Gestalten waren wie Felsfinger unterschiedlich emporragend oder gekrümmt. Ihre Augen jedoch waren hell und lebhaft, gerade so wie die Augen der beiden Berggeherinnen. Sie mochten die Wildnis der Natur in Kulturland verwandelt haben, doch zugleich schien die Natur auch sie zu erobern in einem unaufhörlichen Prozess wechselseitiger Durchdringung. Diese Menschen waren fähig, „mit den Augen der Natur" zu schauen, besaßen ein bestimmtes „Augenlicht" und vielleicht ein besonderes Bewusstsein. Hatten sie längst verinnerlicht, was er nur mit großen Mühen zu begreifen lernte?

Er nahm sich vor, sich in seinem Alltag auf das Dialogische zu konzentrieren und sich nicht mehr an den nutzlosen „Unterhaltungen" mit dem Wahn zu beteiligen. Mit der Kraft des Dialogierens konnte er dem Wahn entgegentreten. Hatten die beiden Saligen nicht mit wenigen Sätzen meisterhaft mit ihm gesprochen? Und warum sollte er sich nicht in Zukunft auf das erhellende und verbindende Wort konzentrieren, das jedem Dialog innewohnte? Es hatte gewiss einen schweren Stand und eine lange Zeit der mühsamen Urbarmachung war zu erwarten. Jedes ernsthafte Wort würde zum Ringen um kleinste „Geländegewinne unverhohlener Sinnhaftigkeit" werden, wie ein Schritt, der einen winzigen Höhengewinn im Aufstieg am Berg verschaffte.

Erneut standen ihm die Bergbauern vor Augen. Jahrhundertelang hatten sie sich ununterbrochen und beharrlich mit der Urbarmachung und dem Erhalt ihrer Welt beschäftigt. In ihrem kargen Leben war kein Platz für Wahnvorstellungen. Sie lebten im intensiven Umgang mit den Wirklichkeiten ihrer Welt. Dies führte sie immer wieder zusammen und ließ sie miteinander kommunizieren, ihre Welt besprechen, um sie genauer zu kennen, sie zu meistern und gemeinsam immer weiter an ihr zu bauen. Und wenn ein Einzelner bisweilen auf Irrwege geraten mochte, so hatte sich ihre Gemeinschaft zu keinem Zeitpunkt ihrer langen Geschichte auf Holzwege verirrt. Die Menschen waren immer in der Wirklichkeit geblieben und im Gleichgewicht mit ihr. Niemand redete ihnen dazwischen oder redete ihnen ihre Welt ein. Ja, die Bewohner des Tals kommunizierten in transparenten Zusammenhängen. Von einer vergleichbaren kommunikativen Dichte und Effizienz konnte in seiner Welt „draußen" nicht die Rede sein. Dabei waren diese einfachen Menschen keineswegs weltfremd. Sie träumten nicht ihr Dasein, sondern hielten es mit beharrlicher Arbeit zusammen und unterhielten mit großem Vertrauen ihren Existenzraum.

Vor ihm fügten sich die Tritte des Steiges und führten ihn im sanften Bogen zum Joch empor. Dort legte er eine kleine Pause ein, erfrischte sich und versenkte seinen Blick in die ungeheure Dynamik dieser Naturwelt. Was für eine wundersame Welt. Was mochte ihr Dasein in den Tiefen seines Bewusstseins freisetzen? War es ihm gegönnt, etwas davon in seine Worte zu überführen? Seine Betrachtungen schenkten ihm ein feines inneres Lächeln, das durch seine Gesichtszüge huschte. Nein, so wunderbar der Anblick war, er ließ sich von der scheinbaren Idylle nicht trügen. Dieses Bild ungeheurer Harmonie und Schönheit war definitiv wahr, so wahr wie eine Tod und Verderben bringende Überschwemmung, Lawine, Mure oder kosmische Katastrophe. In seiner Betrachtung gab er sich keiner Illusion hin, sein Bewusstsein war kristallklar.

Nach einigen Minuten schlug er den Weg zum Gipfel ein, seinem Tagesziel. Er freute sich auf den Blick in die Tiefe, auf die Hütte zu Füßen der gewaltigen Dolomit-Felswand, an der er einst als Knabe stumm emporgeblickt hatte. Damals erschien ihm diese riesige Mauer als Festung eines unsichtbaren Zauberreichs. Und dieses Kind, das er gewesen war, hatte sich nicht getäuscht, sondern intuitiv wahrgenommen.

Bettlers Umkehr

Der Landstreicher Martin hatte die Nacht in einem leeren Heustadel gegenüber von Weißenbach auf der anderen Lechseite verbracht, erhob sich mühsam und streckte an jenem Sommertag des Jahres 1865 seine fast fünfzig Jahre alten Knochen der Sonne entgegen, die schon seit geraumer Zeit am Himmel stand. Es sah nach einem heiteren Tag aus, den er nutzen wollte. Ein Kollege, dem er an der Ehrenberger Klause begegnet war und der Richtung Allgäu strebte, hatte ihm einen Tipp gegeben. Es gebe hoch oben im Lechtal, in einem Ort namens Holzgau, eine allein lebende reiche Frau, die für ihre Wohltätigkeit den Armen gegenüber bekannt sei. Er solle versuchen, ihr zu begegnen und ihr Mitleid zu erlangen. Das könne ihm leicht einen Gulden einbringen. Er hatte den Kollegen nach dem Weg und den Leuten gefragt. Genaueres wusste dieser jedoch nicht, weil er den Tipp mit der Frau auch nur von anderen gehört hatte. Einen Rat könne er ihm geben. Man müsse harmlos auftreten und ja keinen Argwohn wecken. Die Leute im Tal hätten ein wachsames Auge auf ihr Hab und Gut.

Nun, sein letzter Diebstahl waren ein paar Äpfel und die hatte er nur vom Boden aufgelesen. Einen Kanten Brot und ein Stück geräucherten Speck hatte ihm eine mitleidige Bäuerin geschenkt. Er schöpfte eine Schale Wasser aus dem Rinnsal gleich nebenan und machte sich daran, zu frühstücken. Die vom langen Gebrauch abgenutzte Klinge seines Messers könnte er auch wieder einmal schleifen. Gleich werde er das erledigen. Er schnitt eine dünne Scheibe Speck und klopfte sie vorsichtig auf einem Stein. Das harte Brot weichte er zunächst im

Wasser auf, denn die Reihen seiner Backenzähne hatten sich gelichtet. Oft hatte er den Menschen um sich her aufs Maul geschaut und bei nicht wenigen sah es kaum besser aus.

Während er sorgfältig seine Nahrung in mundgerechte Bissen verwandelte, langsam kaute und runterschluckte, dachte er an den Gulden, der vielleicht auf ihn wartete. Sein karges Frühstück brachte verführerische Bilder hervor und ließ ihn den Braten riechen. Er würde sich in ein Gasthaus setzen und einen Schweinebraten bestellen, mit riesigen Speckknödeln. Bis auf die letzte Faser würde er das Fleisch vertilgen und dazu ein Bier trinken, ein kühles, schäumendes Bier durch seine arme Kehle rinnen lassen. Und niemand wird wagen, die Rechtmäßigkeit seines Geldes zu bezweifeln, und ihn des Diebstahls bezichtigen. Er wird sich auf die gütige Frau berufen. Sie wird euch sagen, dass ich kein Dieb bin, sondern ein einfacher Bettler, der nicht mehr gestohlen hat in seinem Leben als ihr selbst.

Ja, vom Lug und Trug der Menschen hatte er nur allzu oft gehört. Wie sie doch versuchten, einander in ihren kleinen und großen Geschäften zu übervorteilen. Das schien ihre wahre Münze zu sein. Und wer viele Vorteile in bare Münze verwandelt hatte, der fand noch größere vorteilhafte Gelegenheiten. Aber was hatte er damit zu schaffen? Er war ein einfacher Bettler, besaß nichts von alldem, was jemanden hätte reizen können, ihn anzulügen oder zu betrügen. Mich könnt ihr nicht betrügen. Ich besitze nichts, was für euch eine lohnende Beute sein könnte.

Er räumte seine Habseligkeiten zusammen, schulterte seinen abgeschabten Rucksack, warf einen letzten Blick auf sein armseliges Nachtlager, griff zu seinem starken Knotenstock, von dem er sich auch in der Nacht nicht trennte, und setzte sich in Bewegung – lechaufwärts, dieser unbekannten Frau entgegen, von der er nichts anderes wusste als ihre Mildtätigkeit Armen gegenüber und dies auch nur vom Hörensagen. Unter den abweisenden Blicken eines Bauern oder Knechtes überquerte er den Roth Lech Steg und wanderte dicht am Lechufer entlang auf schmalem Pfad talaufwärts. Bald machte der Fluss eine kleine Biegung nach Norden und vor ihm breiteten sich magere Schwendweiden und ein paar Wiesen aus. Dann werde der nächste Ort ja nicht mehr weit sein, dachte er. Und er nahm sich vor, nach Gelegenheiten Ausschau zu halten, etwas zu erbetteln.

Mit dem geübten Blick des Bettlers stellte er fest, dass dieser Ort ziemlich armselig war. Zwei, drei Gebäude, die man halbwegs als Höfe bezeichnen konnte, der Rest eher Hütten. Kein Mensch ließ sich blicken. Doch, jetzt gerade trat ein alter gebeugter Mann vor sein Haus und knurrte ihn an: „Was willst du hier?" – „Hast du was zu essen für mich?" – „Verschwinde! Geh arbeiten!" Wortlos wandte Martin sich ab und ging weiter. Immerhin haben sie eine Kirche, dachte er geringschätzig, als er am Kirchlein vorbeikam. Denn so sehr ihn sein Leben auch gegen die Brutalität der Menschen abgehärtet hatte, so steckte in ihm doch ein winziger Rest von Auflehnung. Und dieser Alte da, der sich kaum noch auf seinen Beinen halten konnte, hatte noch genügend Kraft, auf ihn herumzutrampeln – wenn auch nur mit seinen unfreundlichen Worten.

Er schaffte es bis zur Ortschaft Elmen, wo man ihm aus dem Küchenfenster des Gasthofes ein paar Speisereste zusteckte, verbunden mit der unmissverständlichen Aufforderung, sich unverzüglich zu verziehen. Er tat wie geheißen und fand auf den Wiesen unterhalb des Ortes einen leeren Heinzenstadl, denn die Grummetmahd hatte noch nicht begonnen. Etwas Platz für seine schmale Schlafstelle war übrig. Die Bauern waren hoch oben in den Mähdern. Niemand würde ihn stören. Er bereitete sich ein kleines Nachtmahl, kratzte ein paar Heubüschel zu seinem Lager zusammen, nutzte seinen Rucksack als Kopfkissen, legte seinen Knotenstock griffbereit neben sich und verkroch sich unter seinem Mantel.

***

Am nächsten Tag erreichte er Elbigenalp und versuchte sein Glück im Widum. Die Haushälterin nutzte die Gelegenheit und überschüttete ihn mit frommen Vorhaltungen wegen seines Lebenswandels. Der Pfarrer mischte sich ein, zitierte aus der Bibel etwas von „fratribus meis minimis", womit er wohl eher schulterklopfend sich selbst meinte und nicht den Empfänger seiner Wohltaten. Martin war weder bibelfest noch der lateinischen Sprache mächtig und fühlte sich als Opfer hochfliegender Barmherzigkeit. Immerhin wurde ihm keine Beichte aufgedrängt. Offenbar interessierte sich der Priester nicht für sein armseliges Sündenregister. Schließlich hatte sich Martin mit demütiger Pose seinen Teller Suppe redlich verdient und die Frau drückte ihm noch ein Stück Brot und eine kleine geräucherte Wurst in die Hand. So, diese Leute hatten ihr gottgefälliges Werk an ihm verrichtet und für ihn waren eine warme Mahlzeit und eine kleine Wegzehrung dabei herausgesprungen. Gestärkt wanderte er talaufwärts und fand gegen Abend einen geeigneten Schuppen, gut versteckt am

Rand eines kleinen Waldstückes, der noch ausreichend Platz bot. In dieser Hinsicht konnte er sich nicht beklagen, für die Übernachtung eines durchziehenden Bettlers war in diesem Tal gesorgt.

Am dritten Tag erreichte er sein Ziel. Der Ort machte einen wohlhabenden Eindruck. Es musste hier Leute geben, die ihre Einkünfte nicht als Bergbauern erzielten, ging ihm durch den Kopf. Auf dem Dorfplatz hatte er das Pech, den Ortsvorsteher persönlich anzusprechen, als er sich nach der mildtätigen Frau erkundigte. Der Mann wurde zornig. Es gebe hier keine mildtätigen Frauen für Gesindel. Er wies Martin drohend den Weg zum Dorf hinaus, und zwar talaufwärts und forderte ihn auf, sich hier nicht mehr blicken zu lassen. Er blickte dem Bettler eine Weile nach und schickte ihm noch ein paar finstere Gedanken hinterher. Das habe noch gefehlt, dass jetzt schon die Bettler anreisen und unsere liebe Lisbeth um ihr Geld erleichtern. Gerade erst hatte er mit ihrem Verwalter die mit kluger Umsicht überhöhten Kosten für die neue Ausstattung ihrer Kapelle abgerechnet – zur beiderseitigen Zufriedenheit.

Martin machte sich keine Hoffnung mehr, dieser mildtätigen Frau zu begegnen. Betrübt wanderte er weiter. In Steeg steckte man ihm etwas Brot und Käse zu und wies ihm den Weg, nur weiter. Doch das Tal wurde immer enger, unwegsamer und dunkler. Schließlich war auch für ihn Schluss, etwa an jenem Ort, den der boshafte Volksmund „Bettlers Umkehr" nannte und wo die Welt nur noch aus Wildnis bestand. Er verbrachte eine ziemlich ungemütliche Nacht im Wald.

Am nächsten Tag wanderte er zurück. Die Leute in Steeg erkannten ihn wieder und schienen sich zu amüsieren. Er achtete nicht auf sie. Eingedenk der Warnung des Bürgermeisters ließ er Holzgau links liegen und durchquerte das Holzgauer Feld. Mitten im Feld leuchtete aus der Ferne eine kleine weiße Kapelle, die er ansteuerte. Eigentlich mochte er Feldkapellen und Wegkreuze. Auch wenn er vom lieben Gott und all seinen Engeln und Heiligen nichts erhoffte oder gar erwartete – er war doch unwürdig bis in alle Ewigkeit –, so verstummte doch in ihm für einen Augenblick die Bitterkeit, wenn sich am Wegesrand ein frommes Zeichen befand.

Als er sich näherte, fiel ihm auf, dass das Gebäude gerade erst erbaut oder frisch bemalt worden sein musste. Ja, er glaubte, Kalkmörtel und Farbe noch zu riechen. Die Kapelle war richtig groß und besaß sogar einen kleinen Turm mitsamt Glocke. Auf beiden Seiten befanden sich drei Rundbogenfenster mit Bleiverglasungen. Die Kapelle stand auf einem Fundament aus Feldsteinen genau an der Kante eines Wiesenhangs. Die Eingangstür war nicht dem Feldweg, der zu ihren Füßen verlief, oder dem Dorf zugewandt, sondern den Bergen auf der gegenüberliegenden Seite. Links und rechts neben der Tür sowie genau oberhalb der Tür befanden sich halbkreisförmige kleine Fenster.

Unschlüssig machte er vor der Kapelle Halt und wollte schon weitergehen, als ihn doch die Neugier packte und er beschloss, einen Blick ins Innere zu werfen. Nein, er wollte nichts stehlen, in seinem Bettlerleben hatte er es nicht zum Kirchenräuber gebracht. Die Tür war unverschlossen und er trat vorsichtig ein. Eine alte Frau saß vorn in der ersten Bank im Gebet versunken. Er wollte sie nicht stören und blieb hinten stehen. Sein Blick musterte die prächtige Innenausstattung mit ihren tausend frommen Details. Die Strahlen der Nachmittagssonne fielen durch die linken Seitenfenster und ließen Vergoldungen und Farben leuchten. Er war ein wenig ratlos. Es sei doch ganz unmöglich, dass einfache Bauern eine derartige Kapelle mitten in ihre Felder stellen könnten. Schließlich bekreuzigte er sich, murmelte unbeholfen einen Gebetsfetzen, der in ihm aufgestiegen war, und verließ die Kapelle.

Er war im Begriff davonzugehen, als die Frau aus der Kapelle trat, sich umdrehte und ihn intensiv anschaute. Er dachte: „Was willst du von mir, alte Frau?" Und abweisend sagte er: „Was starrst du mich an? Ich bin ein einfacher Bettler. Genügt dir das nicht?" Die Frau machte eine Handbewegung und wies ihm einen Platz auf der groben Holzbank neben dem Eingang. Wider Willen ließ er sich nieder und sie setzte sich neben ihn. Sie schaute ihm in die Augen und sagte: „Dass du ein Bettler bist, sehe ich mit eigenen Augen. Und dass du ein Mensch geblieben bist in all deinem Elend und nicht zum Tier geworden bist, das spüre ich." Martin hielt den Atem an. Wer war diese Frau? „Siehe, ich gebe dir einen Gulden", fuhr die Frau fort, „wie ich es bei jedem Bedürftigen tue, der meine Wege kreuzt. Aber du bist der Erste und vielleicht der Einzige, dem ich sage, warum ich dies tue. Ich gebe jedem Armen einen Gulden, weil jeder Gulden, um den ich selbst einst die Menschen betrogen habe und um den mich die Heuchler um mich her betrügen, ersetzt werden muss." Martin war sprachlos. Die alte Frau drückte ihm das Geldstück in die Hand, murmelte etwas für Martin Unverständliches, das sich wie eine Bitte um Vergebung anhörte, und lud ihn mit einer leichten Handbewegung ein, sich wieder zu erheben und seiner Wege zu gehen.

Er erhob sich auf der Stelle und ging davon, grußlos, ohne Dankesworte und ohne sich umzublicken. Den Gulden hielt er fest umklammert und er dachte, was für eine seltsame Frau. Das muss sie gewesen sein, jene reiche, mildtätige Frau, die ihm sein Kollege gewiesen hatte. Aber wie waren ihre Worte zu verstehen? Sie hatte doch mitgemacht beim Lügen und Betrügen, um zu ihrem Reichtum zu kommen. Aber irgendwann hatte sie aufgehört, sich an diesem Spiel zu beteiligen. Sie hatte ja so viel dabei gewonnen. Sie konnte sich das leisten, sie war nur noch reich, ganz einfach reich, mit Reichtümern gesättigt. Und in dem Moment musste sie bemerkt haben, dass dieses Spiel ja immer weiterging, es kamen immer neue Mitspieler hinzu, und jeder suchte, einen Vorteil zu erhaschen. Und sie begann, das Spiel mit anderen Augen zu sehen, eigentlich mit Augen, wie er sie selbst besaß. Er hatte nie an diesem Spiel teilgenommen und sie hatte aufgehört, daran teilzunehmen. Beide waren sie aus dem Spiel. Sie war immens reich und er war ein vollkommener Habenichts. Sie saß auf der Habenseite dieses Spiels und er auf der Mangelseite. Und beide hatten sie die Fragwürdigkeit dieses Spiels gesehen.

Und dieser Gulden? Den hatte sie ihm nicht geschenkt, denn damit wäre sie ja im Spiel geblieben. Der war nicht die schale Währung der Mildtätigkeit und Barmherzigkeit. Der war vielleicht der Versuch, dem Lug und Trug der Menschen und seinem immerwährenden Geben und Nehmen eine bescheidene und mahnende Währung der ausgleichenden Gerechtigkeit entgegenzusetzen.

Der Bluatschink

So richtig wohl fühlten sich in diesem verregneten und gewittrigen August nur die Alpensalamander. Die hohe Luftfeuchtigkeit und immer neue Regenfälle lockten die Tiere an die Oberfläche. Bergwanderer betrachteten die unbeholfen agierenden Lurche in ihrer schwarz glänzenden wie Gummi- oder Latexüberzüge anmutenden Haut mit eher gemischten Gefühlen, galten diese Tiere doch als Boten hartnäckiger Schlechtwetterperioden. Die stängellosen Enziane hatten ihre blauen Blütenkelche fest verschlossen, während die Silberdisteln mit ihren silbrigen Hüllblättern ihre Blütenkörbchen schützend zudeckten. Nebelschwaden umlagerten träge die Hänge, hatten mit zahllosen, sich immer wieder neu bildenden Armen die Baumkronen der Bergwälder in den Griff genommen, um sie nicht mehr loszulassen. Kein Tier ließ sich blicken. In der Ferne läutete eine Kuhglocke. Der diffuse Tag schickte sich an, ebenso still zu vergehen wie die Tage zuvor.

Zwei Kemptener Bergwanderer rüsteten am frühen Sonntagnachmittag zum Abstieg von der Hanauer Hütte zurück zum Talort. Sie waren am Vortag aufgestiegen und hatten die Nacht auf der Hütte verbracht in der Hoffnung, ein paar halbwegs trockene Stunden wenigstens am Vormittag zu erwischen. Nur eine Handvoll Bergsteiger hatte wie sie auf der Hütte ausgeharrt und auf eine kleine Wetterbesserung gehofft. Doch der Himmel hatte sie nicht wirklich gehört. Zwar hatte der Regen am Vormittag eine Pause eingelegt, aber die sollte nicht von großer Dauer sein. Dennoch waren die beiden aufgebrochen und hatten es immerhin bis auf das Gufelseejoch geschafft.

Dort oben waren die Wolken- und Nebelmassen jedoch wieder kompakter geworden. Sie gerieten in einen feinen, kalten Regen, der sie schließlich zurücktrieb. Mit einer Aussicht vom Gipfel war ohnehin nicht mehr zu rechnen.

Während ihrer Wanderung durch die Hochweiden bemerkten sie, dass die Zahl der kleinen Rinnsale und Wasserläufe enorm zugenommen hatte. Weiße Wasserfäden zogen an den Felsen entlang, während das Wasser um sie her seine Klarheit verloren hatte und nicht selten vom mitgeführten gelösten Erdreich hellbraun gefärbt war. Man hatte das Gefühl, der Boden werde lebendig. Vor allem auf den lehmigen Pfadabschnitten war die Rutschgefahr allgegenwärtig. An manchen Stellen hatten sich Pfützen gebildet und sie wichen auf die Grasnarbe neben dem Steig aus, um mehr Halt zu gewinnen. Auf dem Joch blies ein kalter Luftzug. Nebelfetzen zogen weiter unten und bisweilen war durch eine Lücke hindurch in der Tiefe zumindest ein Teil des kleinen Bergsees zu sehen, dessen Smaragdgrün sonniger Tage einem schmutzigen und trüben Graugrün gewichen war. „Das war's dann wohl", meinte der Jüngere der beiden, „ins Wasser gefallen auf der ganzen Linie." – „Der Sommer ist verregnet. Hoffentlich bekommen wir noch ein paar schöne Herbsttage", entgegnete der Ältere. „Langsam wird's unheimlich. Das viele Wasser …"

Sie kehrten um die Mittagszeit zur Hütte zurück. Es war unangenehm kalt, das Thermometer zeigte kaum 5 °C. Der Hüttenwirt hatte im Kachelofen des Gastraums ein Feuer entzündet. Die beiden ließen sich gern auf der warmen Ofenbank nieder, um sich wieder etwas aufzuwärmen und ihre Wetterjacken zu trocknen. Sie bestellten eine kräftige Erbsensuppe mit Wiener Würstln und Brot sowie ausnahmsweise und in Anbetracht der nassen Kälte einen heißen „Jagertee". Der werde sie schon nicht umhauen und helfe auch ein wenig gegen die Trostlosigkeit des Wetters. Die Sicht war unterdessen auf null gesunken, die Hütte in Nebelschwaden gehüllt. Vom Hüttenwirt erfuhren sie, dass in Vorarlberg erste Überschwemmungen gemeldet wurden und die Murengefahr stündlich größer würde. Die Rede war von einem kräftigen Mittelmeertief, das bekanntermaßen für starke Niederschläge sorgen konnte. „Hoffentlich kommen wir noch ins Dorf runter, wir haben dort den Wagen stehen und wollen zurück ins Allgäu." Der Wirt gab sich gelassen, bis zum Abend werde es noch reichen. – Vielleicht sollten sie besser über Weißenbach und den Gaichtpass durchs Tannheimer Tal zurückfahren und nicht über Reutte und Füssen, meinte der Hüttenwirt. Ja, daran hatten sie auch schon gedacht.

Nach einer Stunde brachen sie auf und machten sich auf den Abstieg. Sie gelangten an den kleinen Bach, der das Parzinn entwässerte. Und obwohl sich der hölzerne Steg, den sie überqueren mussten, doch weit oben befand, war der Wasserlauf mächtig angeschwollen und umspülte die schweren Steine, die auf beiden Seiten als Auflage dienten. Das Parzinn schien förmlich zu schwimmen. Hier am Hauptabfluss stürzte eine beachtliche Wassermasse zu Tal. Die beiden setzten eilig über und erreichten die Talstation der Materialseilbahn. Von dort ging es mit mäßigem Gefälle auf dem Fahrweg in Richtung Dorf.

Zweimal mussten sie den Bach noch queren. Doch die beiden Brücken besaßen stabile Betonfundamente und schwere verschraubte Holzbohlen. Links waren zwei Sturzbäche lebendig geworden, die den Weg in Rohren unterquerten. Sie betrachteten kurz die Wassermassen, die sich in die Betonrohre unterhalb des Fahrwegs ergossen und am Einlauf fast die maximale Durchflussmenge der Rohre erreicht hatten. Der Auslauf spritzte wie eine Fontäne. Sie gingen weiter, während der Regen wieder an Stärke zunahm. Die Wolken hatten sich dicht zusammengezogen, von den Bergen war nichts mehr zu sehen.

„Wie mag es weiter unten aussehen?", fragte der eine seinen Begleiter. „Die Hänge sind aufgeweicht, es wird Muren geben und der Lech wird mächtig Hochwasser führen", entgegnete der Kamerad. Und mit einem Mal war da eine Unruhe, die sie antrieb, doch einen Schritt zuzulegen, um möglichst schnell den Talort zu erreichen. Schon eilten sie an der Hirtenhütte vorbei und näherten sie sich der vorletzten Brücke vor dem Dorf. Nichts wie rüber. Langsam erschien ihnen die Situation bedenklich. Was für eine Wasserwalze und sie hörten durch das Lärmen der sich tausendfach aufbäumenden Wellen hindurch tief im Bachbett das Geräusch kollernder schwerer Geröllbrocken. „Unglaublich, wie der schiebt", entfuhr es dem einen der beiden Wanderer. „Gleich kommt von rechts sein Kollege, kaum weniger stark. Über den müssen wir auch noch. Die beiden werden ihre Wassermassen unterhalb des Dorfes tosend bündeln und sich im Talausgang tief unten in den Lech gießen."

Sie erreichten die Wegbiegung oberhalb des Seitenbaches und hielten unwillkürlich inne. Links unterhalb von ihnen im Bereich des Zusammenflusses der beiden Bäche herrschte ein Inferno. Die Wassermassen stießen wild aufeinander und bäumten sich auf. Das im Zufluss wohl fünfzig Meter breite steinige Bett des Unterlaufs war vollständig mit einer gelbbraunen Flut gefüllt. Auf der anderen Seite lagen die Häuser des Dorfes seltsam niedrig, so schien es ihnen. Die beiden blickten gebannt auf die in wilden Strudeln tobenden Wassermassen. „Das habe ich in all den Jahren hier noch nie gesehen", entfuhr es dem Älteren, „hoffentlich kommen wir noch über die Brücke." Die Sorge war nicht unbegründet. Als sie weiter unten die Brücke erreichten, berührte das Wasser fast die Unterseite der Holzbohlen. Sie spürten, dass die Brücke zitterte, und waren froh, als sie die andere Bachseite erreicht hatten.

Ihr Wagen stand auf dem Parkplatz oberhalb des Dorfes, etwa auf Höhe der obersten Häuser. Und gleich neben dem Parkplatz standen zahlreiche Menschen. Alle Dorfbewohner, so schien es ihnen, waren versammelt, dazu die Gäste. Die Menschen starrten stumm auf die Wasserwüste, die sich bedrohlich dem oberen Rand der steilen Böschung unter ihnen näherte. Die Gefahr war deutlich zu erkennen: Wenn der Bach über den Rand geht und eine Bresche in die Böschung reißt, dann ist das halbe Dorf, das sich weiter unterhalb am Bach entlang ausdehnt, gefährdet. Hier ist genau der leichte Linksbogen, in den die Wassermassen hineindrücken. Das Wasser würde mitsamt Geröll die Dorfstraße entlang strömen und eine Spur der Verwüstung ziehen. Die Anspannung der Menschen übertrug sich auf die beiden Wanderer. Hier standen Existenzen auf dem Spiel. Hier gab es nichts mehr zu tun, nur noch Hoffen und Warten, vielleicht auch Beten. Auch die Kinder schienen den Ernst der Situation begriffen zu haben, standen stumm bei den Eltern und rührten sich nicht vom Fleck.

Der Blick des einen der beiden Bergsteiger wanderte zum Holzwehr weiter oberhalb empor, das die Dorfbewohner einst am Ausgang der Schlucht errichtet hatten, um eine wasserbetriebene Säge zu bauen. Aus dem Projekt war nichts geworden und so war das Wehr einfach stehen geblieben. Und niemand hatte sich mehr darum gekümmert.

Über dem Wehr schoss eine riesige braune Wassersäule vielleicht zwanzig Meter gerade in die Luft, bevor sie zurück ins Bachbett stürzte. Und während die Augen sich fasziniert in diesem ungeheuren Strahl aus wild strömenden Wasserzotteln verloren, gab das Wehr dem ungeheuren Druck nach und brach wie vom Blitz getroffen zusammen. Unter der abrupt abstürzenden Wassersäule hob sich ein weiß schäumender Wirbel, in dem die Holzstämme des Wehrs wild tanzten und eine – so schien es dem Betrachter – fantasmagorische Gestalt annahmen. „Der Bluatschink", flüsterte jemand.

Ein Raunen ging durch die Menschengruppe. Nach dem Zusammenbruch des Wehrs verlagerte der Bach kaum wahrnehmbar seine Stoßrichtung zur vom Dorf abgewandten Seite und die mahlende Kraft an der Böschung ließ ein wenig nach. Zugleich baute sich ein größerer Druck auf der linken Seite der Brücke auf und unterspülte den gemauerten Pfeiler, der nicht mehr lange Widerstand leistete und schließlich in den Bach rutschte mitsamt der Brückenkonstruktion. Nachdem die Fluten auch dieses Hindernis aus ihrem Weg geräumt hatten, war die Gefahr für das Dorf gebannt. Unmerklich schien die Anspannung nachzulassen und langsam wich die Erstarrung der Menschen. Sie begannen zaghaft zu sprechen mit Worten der Erleichterung. Der Himmel schien ein Einsehen zu haben, der

Regen ließ nach. Und die allgemeine Überzeugung setzte sich durch, das Schlimmste überstanden zu haben. Man sei noch einmal glimpflich davongekommen, dem Himmel sei Dank.

Langsam kehrten die Ersten ins Dorf zurück. Die beiden Wanderer machten sich für die Abfahrt fertig.

***

Auf ihrer Rückfahrt trafen die beiden in Weißenbach auf eine Polizeisperre. Die Weiterfahrt nach Füssen sei unmöglich. Der Lech sei hinter Reutte über die Ufer getreten und habe die Hauptstraße unpassierbar gemacht. Es herrsche Katastrophenalarm. Sie wurden über das Tannheimer Tal umgeleitet – was sie ohnehin beabsichtigten. In den Nachrichten erfuhren sie, dass sich die Iller noch relativ ruhig verhielt und Kempten nicht unmittelbar bedroht war. Im strömenden Regen kamen ihnen Feuerwehrfahrzeuge aus den Ortschaften des Tals entgegen.

Jetzt erst lösten sich Anspannung und ihre Zungen. „Wahnsinn", meinte der Ältere, „heute Morgen, dort oben im Parzinn, all die kleinen Rinnsale, ich hatte das Gefühl, die Flächen dort waren förmlich lebendig geworden. Ja, wie Wasseradern plötzlich im Freien, an der Oberfläche. Und diese kleinen Wasserläufe suchten unwiderstehlich ihre tausendfältigen kleinen Pfade den Berg hinunter, bündelten sich immerzu, bis sie zur Wasserlawine wurden, die beinahe das Dorf mit sich gerissen hätte." – „Ja, das war wirklich beängstigend", entgegnete der Jüngere, „mir kam der Bluatschink in den Sinn. Warum auch immer. Freilich findet alles eine natürliche Erklärung. Aber die Natur findet immer wieder Schwachstellen in unserer Lebenssphäre und greift sie an. Das hat schon etwas Verrücktes. Ich sehe noch das Wehr und dann den Brückenpfeiler. Warum hat sich der Bach daran – ja wortwörtlich – so gestoßen?" – „Hindernisse?" – „Ja, aber was sind Hindernisse? Er hätte auch drum herumfließen können oder darüber hinweg." – „Tja, ich bin kein Physiker. Ich stelle mir vor, dass im Bach ein unsichtbarer Hauptstrom fließt. Möglich, dass die Leute den einst Bluatschink genannt haben, als er sich vielleicht zeigte wie heute im Bach. Dieser Strom bündelt seine Energie. Es gab genau drei Hindernisse auf seinem Weg, und alle drei von Menschenhand: das Wehr, eine bestimmte Stelle der befestigten rechten Böschung und der linke Brückenpfeiler. Der Bach hat sich gewissermaßen mit dem Wehr und dem Brückenpfeiler zufriedengegeben. Hätte er noch ein wenig mehr Energie in sich getragen, hätte er vielleicht eine Bresche in die Böschung geschlagen und einen Teil seiner Energie auf einen Seitenweg durchs Dorf getragen. Die Leute haben großes Glück gehabt. Aber warum gerade dieser Punkt an der Böschung? Der lag doch irgendwie nicht auf dem Weg, sondern am Rand. Welche Kräfte waren da noch im Spiel? Der Mond? Gibt es so etwas wie Ebbe und Flut auch in den Wasserläufen? In normalen Zeiten fällt das gar nicht auf und auch gar nicht ins Gewicht. Aber da war eine extreme Wassermenge und vielleicht eine äußerst seltene Konstellation." – „Darauf werden wir keine Antwort finden. Bei den Gezeiten denken wir an die riesigen Wassermassen der Ozeane. Ob sich die Gravitation in einem kleinen Gebirgsbach zeigen kann und sich vielleicht gezeigt hat? Und wir haben es gesehen?" – „In der Tat, wer weiß das schon? Es war auch nur so eine Idee. Vielleicht sind einst den

Menschen unheimliche Wahrnehmungen der entfesselten Energien ihrer Welt hier zuteilgeworden?" – „Du meinst, sie könnten die Energie der Wasserläufe gewissermaßen geschaut und sich diese als Dämon vorgestellt haben, als Bluatschink mit bluttriefenden Beinen?" – „Ja, warum nicht? Wenn die Energien der Natur eine bedrohliche Form annehmen, ihr Zustandekommen das Verstehen überfordert und dennoch eine Darstellung sucht. Die Menschen mussten sich innerlich gegen die entfesselten Kräfte der Natur behaupten." – „Das grenzt an Magie." – „Na ja, ist der Fundais vor ein paar Stunden nicht förmlich im Dreieck gesprungen? Und wir wissen nicht, wie dieses seltsame Kraftfeld des Stroms zustande kam, Gestalt annahm und wieder verschwand." – „Weißt du, was mich auch sehr beeindruckt hat? Das war die Ruhe der Menschen." – „Ja, sie standen da, einerseits wie gelähmt, andererseits ganz gefasst." – „Sie konnten nichts mehr tun. Das wussten sie ganz genau. Sie haben dem Schicksal seinen Lauf gelassen. Und wenn der Bach in ihrem Dorf Verwüstungen angerichtet hätte, so hätten sie dieses Unglück auf sich genommen und wieder weitergemacht." – „Wie viel Unglück mögen sie im Laufe der Generationen abbekommen haben?" – „Schau mal an ihrer Kirche. All die Gedenktafeln der Lawinenopfer. Von den vielen Unfällen ganz zu schweigen. Die werden gar nicht erwähnt." – „Ja, ein hartes Dasein." – „Immer nahe dran am Schicksal. Für die Menschen im Dorf war der Bach heute eine Episode von so vielen, die schon stattgefunden haben und noch stattfinden werden."

Der Geschwisterhof

Nach dem Sonntagsgottesdienst hielten sich Mutter und ihre Tochter Gerda nicht mehr lange auf dem Kirchplatz auf. Sie unterhielten sich noch ein wenig mit den übrigen Bäuerinnen, der Frau des Jägers und den älteren Frauen. Doch schon nach einigen Minuten strebten sie heim. Der Mittagstisch wollte zu Ende bereitet werden. Während sich Mutter am Herd zu schaffen machte, das Selchfleisch würfelte und die übrigen Zutaten zum Gröstl vorbereitete, deckte die Tochter den Tisch im Wohnraum unter dem Herrgottswinkel im Eck. Sie stellte einen Krug mit frischem Wasser, ein Krüglein mit Rotwein für den Vater sowie zwei Flaschen Bier für ihre beiden Brüder bereit. Die Unterhaltungen der Männer dauerten gewöhnlich etwas länger. Sie sprachen über allgemeine Themen, aber auch über die Arbeit der kommenden Woche. Es gab immer Arbeiten, die mit Hilfe eines Nachbarn erledigt werden mussten. Oder Besorgungen, wenn einer hinunter ins Lechtal oder hinüber nach Imst fuhr.

Es dauerte nicht allzu lange und schon traten die drei Männer durch die Tür und nahmen gut gelaunt und mit gutem Appetit am Tisch Platz. Da saß nun die Familie vereint, die beiden Alten und die drei Jungen. Eigentlich waren sie schon immer vereint, solange sie denken konnten, nämlich durch die gemeinsame Arbeit, die ihnen ihr Bergbauernbetrieb abverlangte. Man kommentierte die erbauliche Predigt des Pfarrers über den verlorenen Sohn und ein wenig von der Güte des Vaters mochte auch den Bauern streifen. Aus dem Dorf gab es dies und jenes zu berichten. Der Albert will einen neuen Stall bauen. – Die Ines heiratet. – Was? – Ja, ins Unterinntal, nach Schwaz. – Und was macht der Mann? – Angestellter bei der Raiffeisenbank. Kurzes Schweigen. Ines war in Gerdas Alter. Hatte also den Sprung getan. Ja, ja, es war die Rede davon, dass manche Mädchen nicht mehr in der Landwirtschaft bleiben wollten. Die Sache stieß auf ein gewisses Unverständnis. So beließ man es bei allgemeinen Feststellungen, obwohl doch alle drei Kinder vom Thema betroffen waren, genauer gesagt, von diesem leidigen Thema.

Ein leidiges Thema kommt bisweilen nicht allein daher. Und so dauerte es auch gar nicht lange, bis die Alten wieder das mit einer Heirat eng verbundene Thema ihrer Nachfolge auf den Tisch brachten. Dort hielt es sich mittlerweile hartnäckig und wollte in allen seinen Facetten besprochen werden. Meist goß Mutter die eine oder andere Anspielung ins Gespräch. Stand doch der Vater in seinem fünfundsechzigsten Lebensjahr, während Mutter sechzig war. „Vater muss jetzt wirklich kürzertreten." – „Wir nehmen ihm doch fast die ganze Arbeit ab. Aber er will doch noch alles selbst machen." – „Er sorgt sich halt um den Hof." – Damit war das Thema Nachfolge wieder einmal direkt angesprochen. Und da man ja nicht im Anerbenrecht dachte, sondern im Sinne der Realteilung, mussten die drei Geschwister auch untereinander zu einer befriedigenden Lösung finden, in deren Mittelpunkt der Erhalt des Hofes stand. Womit man wieder beim leidigen Thema Heirat war. – „Schaut euch doch mal nach einem tüchtigen Mädchen um." – „Mutter, lass das bitte unsere Sache sein." Die Zurechtweisung des Ältesten klang gereizt. Nein, er hatte nicht vergessen. Damals, auf dem Jungbauernball, hatte Theresa ihm unmissverständlich zu verstehen gegeben, dass sie keineswegs das Leben einer Bäuerin führen wollte. Ihre Absage hatte ihn schwer getroffen. Er war verstummt. Die Frau, in die er sich verliebt hatte, konnte mit seinem Lebensplan nichts anfangen. Dabei stammte sie doch aus einer Bergbauernfamilie wie er selbst. Ihre Reaktion hatte ihn schockiert. Warum mochte sie ihm, einem Hoferben, nicht ihre Zukunft anvertrauen und mit ihm ein gemeinsames Leben führen? Er war über die unglückliche Begegnung nicht hinweggekommen. Auch seine beiden Geschwister machten keinerlei Anstalten, eine Ehe anzustreben. Offenbar warteten sie die Entscheidung des älteren Bruders ab.

***

Der Betrieb ernährte die Familie, aber die Erzeugerpreise standen ständig unter Druck und es mehrten sich die Hinweise, dass die kleinen Familienbetriebe auf Dauer nicht mehr mit besseren Zeiten rechnen konnten. Freilich tat das Land alles, was in seiner Macht stand, um den Betrieben erträgliche Rahmenbedingungen zu garantieren. In diesem Punkt war auf die Volkspartei Verlass. Niemals würde sie ihre Bauern in Stich lassen. Der Landeshauptmann Grauß war einer der Ihren als langjähriger Obmann des Tiroler Bauernbundes.

Die Alten vertraten unerschütterlich ihre Überzeugung, dass die Zukunft des Betriebs auch in der nächsten Generation gesichert sei. Daran durfte nicht der geringste Zweifel geübt werden. In diesem Sinn hatten sie ununterbrochen darauf hingearbeitet, ihren drei Kindern eine bäuerliche Existenz zu bereiten. In ihrer Vorstellung würde der Älteste die Nachfolge auf dem Hof antreten. Ihre Tochter würde einen Bauern heiraten. Und der zweite ihrer Söhne mit der Unterstützung des Älteren seinerseits einen Betrieb erwerben, vielleicht einheiraten oder sich als Handwerker eine Existenz aufbauen. Der Hof musste fortgeführt werden. So war es immer gewesen. Etwas anderes konnte gar nicht sein. Das unschlüssige Verhalten der Kinder spornte sie an, noch mehr Überzeugungsarbeit zu leisten. Doch bei den Kindern hatten längst Zweifel an den Vorstellungen der Alten Fuß gefasst. Die Zeiten waren dabei, sich zu ändern. Aber sie wussten nicht, wie sie die Änderungen für sich selbst und ihr persönliches Leben zu verstehen hatten. Und so umzingelten die Alten sie mit ihrem Hof, verhinderten jeglichen klaren Blick für den Wandel und übten einen ständigen moralischen Druck aus. Dabei war ihnen selbst gar nicht wirklich bewusst, dass in ihrem Wunsch nach Nachfolge die große Angst steckte, ihre Kinder könnten den Hof und das Dorf verlassen. Sie würden allein zurückbleiben. Wer würde sich um sie kümmern, wenn die Kräfte sie verließen?

Langsam kamen sie ihrem Ziel näher, das Überdauern des Hofes zu sichern. Ihre Kinder widersprachen der Nachfolge nicht. Der Älteste mit seiner Enttäuschung sah in seiner Umgebung andere Dramen. Da waren Fälle, wo sich die Jungen dazu entschieden hatten, die Bergbauernwirtschaft an den Nagel zu hängen. Eine Entscheidung, die auf den erbitterten Widerstand der Alten stieß. Aber sie blieben standhaft. Und doch lagen schwere Schatten über ihrem Leben. Der Streit mit den Eltern nagte an ihnen. Sie wurden das Schuldgefühl nicht los, Eltern und Hof in Stich gelassen zu haben.

Und er kannte andere Fälle von Hoferben, die sich wider Willen zur Nachfolge hatten drängen lassen. Auf ihnen lastete das Gefühl, eine unfreie Entscheidung getroffen zu haben. Auch in ihrem Leben wirkten Selbstvorwürfe und legten Schatten über ihr Lebensgefühl.

Zweifellos war die allgemeine wirtschaftliche Entwicklung an einem Punkt gelangt, wo Hoferben sich ernsthaft fragen konnten, ob es nicht objektiv gesprochen die bessere Lebensentscheidung sei, den Hof und die Arbeit als Bergbauer aufzugeben. Aber es verhielt sich immer noch so, dass die Existenz der Höfe nicht offenkundig bedroht war. Jedenfalls erweckten Politik und Bauernverband diesen Eindruck. Jene ersten Erben, die sich gegen Eltern und Hof entschieden, erhielten keine öffentliche Aufmerksamkeit. So blieben die Dinge in der Schwebe. Die Betroffenen wurden mit ihren Widersprüchen alleingelassen und konnten sich nicht wirklich sicher sein, die für sie richtige und zukunftsweisende Entscheidung getroffen zu haben.

***

Eines Tages standen die drei Geschwister oben am Hang zusammen. Die Arbeit in ihren Mähdern ging gut voran. Sie hatten dem Vater erfolgreich ausgeredet, sich am Heumachen zu beteiligen. Er könne sich doch auf dem Hof nützlich machen. Dort gebe es auch zu tun.

Sie wollten sich aussprechen. Es solle doch ein jeder den anderen sagen, wie er sich seine Zukunft und die Zukunft des Hofes vorstelle. Die Eltern geben keine Ruhe und man könne sie ja nicht in Ungewissheit lassen. Er wolle den Hof nicht aufgeben, Alois, der Älteste, sagte dies mit einer Bestimmtheit, die keinen Zweifel aufkommen ließ. Seine Schwester

Gerda gab zu verstehen, dass auch sie am liebsten bleiben möchte. – Aber dann werde sie nicht heiraten können. – Vielleicht später, sie wisse es nicht. Alois und Gerda schauten fragend Toni, den Jüngsten, an. Der zögerte nicht mit seiner Antwort. Er wolle bleiben. Er sei immer im Dorf gewesen und er habe nie den Wunsch verspürt fortzuziehen.

Ihre Worte besiegelten das innere Zusammenrücken der drei Geschwister. Obwohl es unausgesprochen blieb, gab jeder dem anderen zu verstehen, dass er, solange er auf dem Hof lebe, nicht heiraten werde. Und so nahm in ihrer Unterredung der Drei-Geschwister-Hof als ihr gemeinsamer Lebensentwurf Gestalt an.

Als die Eltern wieder einmal das Thema ihrer Nachfolge anschnitten, erklärte Alois ihnen, auch im Namen seiner beiden Geschwister, dass sie das Erbe gemeinsam antreten und den Hof fortführen wollten. Die Eltern, die wohl überzeugt waren, dass ihre Kinder heiraten und Familien gründen wollten, gaben zu bedenken, dass doch kein Platz für eine weitere Familie auf dem Hof sei. Gerda entgegnete knapp, dass dies ihre Sache sei. Erst einmal werde man dafür Sorge tragen, dass Vater und Mutter die Arbeit getrost aus den Händen geben könnten. Nach all den Mühen in ihrem Leben hätten sie sich dies ja wohl verdient. Die beiden Brüder nickten zustimmend.

Und so geschah es, dass nach einiger Zeit das Erbe formell beim Notar der Familie unten im Tal geregelt wurde. Die Eltern bestimmten, dass der Hof ungeteilt an ihre drei Kinder als Erbengemeinschaft fallen sollte. Zugleich wurde festgelegt, dass die Eltern bis zu ihrem Tod das Wohnrecht auf dem Hof behielten. Die Eltern zogen sich aus der Führung des

Hofes zurück. Ihre Kinder übernahmen die Bewirtschaftung, wobei Alois als Ältester und erfahrener Bergbauer den Hof führte.

***

Im Frühjahr 1965 starb der Vater und fast ein Jahr später die Mutter. Als hätten die beiden ihren Tod genau so gelegt, wie er am besten ins Arbeitsjahr passte. Ihre Kinder hatten zusammen mit der Mutter am Sterbebett des Vaters gewacht. Und dann allein am Sterbebett der Mutter gesessen. Ihr Versprechen, den Eltern ein Leben bis zum letzten Atemzug auf dem Hof zu erlauben, hatten sie getreulich gehalten.

Der Pfarrer sparte nicht mit lobenden Worten in Sachen Vorbildlichkeit und nicht immer war klar, ob er den Verstorbenen und die Verstorbene meinte oder auch die Kinder. Die Dorfbewohner zeigten aufrichtige Anteilnahme. Aus den beiden Gräbern, die nebeneinander lagen, schien eine Art Aura emporzusteigen und sich über die Hinterbliebenen zu legen.

Nach dem Tod der Eltern bestätigte sich, dass die drei Kinder ehelos bleiben sollten. Es war übrigens nicht der einzige Hof. Am anderen Ende des Dorfes wirtschafteten zwei Brüder auf einem Hof. Die Rede war von unerfüllter Liebe und Liebeskummer in jungen Jahren. Andere wiederum ließen durchklingen, dass möglicherweise die Alten die Beziehungen der Brüder hintertrieben hätten. Jedenfalls ging auch in ihrem Fall der Hof als Sieger hervor. Die beiden standen damals wohl kurz davor, das Bergbauerndasein zu beenden und mit den Frauen hinunter ins Tal zu ziehen, um dort Arbeit zu finden. Was ihnen sicherlich nicht schwergefallen wäre, denn sie waren beide handwerklich sehr begabt. Doch sie fügten sich in ihr Schicksal, mit dem sie ihr Leben lang haderten.

Auf dem Hof der drei Geschwister hingegen schien die Bergbauernwirtschaft noch einmal aufzublühen. Alle drei legten sich ins Geschirr. Mit den Jahren pachteten sie ein paar zusätzliche Mähwiesen und erhöhten ihren Viehbestand. Mit harter Arbeit hielten sie ihren Hof über Wasser. Ja, mit unternehmerischem Mut und Geschick hätte man vielleicht den Sprung zum Großbauern schaffen können. Allerdings hätte dies das Ende des Dorfes bedeutet. Sie hätten praktisch die Nutzung der gemeinschaftlichen Wiesen- und Weideflächen an sich reißen müssen. Die übrigen Familienbetriebe hätten keine Grundlagen mehr besessen. Nein, die damaligen Verhältnisse ließen eine derartige Expansion nicht zu. Die Geschwister besaßen zwar den größten Betrieb des Dorfes, aber es blieb ein Familienbetrieb, allerdings ein Familienbetrieb ohne Familie, ohne Kinder, ohne Zukunft.

Im Dorf wurden sie zu „Denkmälern", die letzten Bergbauern – ohne Nachkommen, Auslaufmodelle. Sie hielten den alten Geist am Leben, verlängerten die Illusion der alten Dorfgemeinschaft zusammen mit den verbliebenen Bergbauern sowie ein paar langlebigen Alten. Die ersten Nebenerwerbsbetriebe entstanden. Man versuchte, mit der Vermietung von einfachen Zimmern am wachsenden Tourismus zusätzliches Geld zu verdienen.

1990 starb Gerda nach kurzer Krankheit und viel zu früh. Alois und Toni standen wie versteinert an ihrem Grab. Und während sie zuvor schon recht zurückgezogen lebten im Unterschied zu ihrer Schwester, die ein fröhliches und kommunikatives Wesen besaß, so ließen sie sich nach Gerdas Tod nur noch selten blicken. Sie schienen ganz in ihrer Arbeit zu versinken. Fünf weitere Jahre vergingen. Alois baute körperlich ab, konnte sein gewohntes Arbeitspensum nicht mehr leisten und starb zu Beginn des neuen Jahrtausends. In seinem Nachruf stand etwas von Tagwerk und seinem Ende, von Feierabend – gemeint war der Tod – und von fleißigen Händen – und dass er Landwirt gewesen sei, der letzte einer langen Reihe.

Einsam wurde es für den letzten Überlebenden, den jüngeren Bruder, der noch zehn weitere Lebensjahre allein im großen Bauernhof verbrachte. Der Betrieb war längst eingestellt, das Vieh verkauft, der Stall dämmerte vor sich hin. Niemand sah, wie der letzte Bewohner immer wieder durch das Haus irrte, die alten Wege und Verrichtungen wie im Leerlauf absolvierte oder seinen Blick wie verloren über die verstaubten Gerätschaften voll mit Spinnweben gleiten ließ.

Die Nachbarinnen versorgten ihn schließlich mit Essen und dem Notwendigsten. Man wechselte ein paar belanglose Worte. Ansonsten Schweigen, alles in ihm hatte sich definitiv nach innen gekehrt. Er saß stumm auf seiner Geschichte wie der Bergbauer auf seinem Hof. Missmutig dachte er an den wohlklingenden Nachruf des größten Bauern des Tals am Grab seines Bruders. Und er begann, die „Verlogenheit" zu begreifen. Der Großbauer und Funktionär hatte sich längst in die neue Zeit begeben. Aber so viele Plätze für Bergbauern gab es nicht mehr in der neuen Zeit – das wusste auch der Funktionär. Eigentlich gab es überhaupt keinen Platz mehr. Der Funktionär hatte den „Bergbauern" nur noch vorgespielt. Er war in diese Rolle geschlüpft und hatte elegant den Abgrund zugeschüttet, wie man wenig später die Grube seines Bruders zuschüttete.

Und er glaubte, dass in diesem Augenblick seine eigene Beerdigung vorweggenommen wurde. Er war „abgeschrieben", wurde mit schönen Worten weg komplimentiert. Er fühlte sich „verschollen" im Feld des kulturellen und sozialen Daseins. Er war unter ihren Pflug geraten und umgeschlagen worden wie eine Erdscholle oder die achtlos weitergeblätterte Seite einer Zeitschrift.

Nein, in seinen jungen Jahren, ja bis zum Tod des Bruders, hatte er sich nicht vorstellen können, dass sein Schicksal sich in einen Abgrund verwandeln sollte. Er dachte an seine Schwester und seinen Bruder, die ihr ganzes Leben lang auf verlorenem Posten immer weiter gearbeitet hatten – ohne zu klagen und zu fragen. Sie hatten diese Geschichte der aus der Zeit gefallenen Mühsal mit ins Grab genommen. Nun lag sie ihm auf der Seele. Doch Worte fand er nicht mehr. Nicht nur aus der Zeit gefallen, sondern in tausend Teile auseinandergefallen wie ein Geröllfeld. All sein Denken und Tun, das sich einst tausendfach verschlungen mit einer Welt verband, blieb echolos und zerfiel. Er fühlte sich zurückversetzt auf die unterste Stufe der Wiederkehr. Er werde alles mit ins Grab nehmen. Nichts vererben. Später als „Fundstück" vielleicht, als Puzzleteil, das jemand versuchen wird, mit anderen zusammenzusetzen, um ihm höheren Sinn und Bedeutung zu entlocken. Welche Bedeutung? Für damals oder für jetzt? Vielleicht war es damals ein Fehler, nicht zu heiraten. Und ihm wurde klar, dass Hof und Heirat offenbar eine ebenso untrennbare Einheit bildeten wie Hof und Eltern. Und ihr Geschwisterhof hatte das

Untrennbare getrennt. Herausgekommen war dabei etwas Absolutes, etwas von allem lebendigen Dasein Abgelöstes und am Ende Finsteres: der Hof.

Einst hatte die Vorstellung des Hofes das soziale Leben vieler Menschen und Generationen erfüllt. Jetzt aber war das soziale Leben von dieser Vorstellung gewichen. Und der Hof stand da fast wie ein Gespenst. Er selbst schlurfte mit mühsamen Schritten durch die Räume des Hofes. Unentwegt reproduzierte er die einstigen Gesten und Bewegungsabläufe. Ein rituelles Verhalten, ein Leerlauf wie ein Rentner, der weiterhin jeden Morgen seinen Wecker stellt, weil diese Geste bis in sein Fleisch gedrungen war, das sich auch dann noch erinnerte, als der lebendige Gedanke „Du musst jetzt aufstehen, deine Pflicht ruft!" längst im Bewusstsein verblasst und versunken war.

Er betrat den Stall, der auch jetzt, zwanzig Jahre, nachdem das Vieh ihn verlassen hatte, immer noch den Geruch der Tiere verströmte, aber nicht mehr den lebendigen Geruch, sondern die dumpfe Ausdünstung einer Gruft. Grabesstille herrschte hier, die Stille der Toten, keineswegs die Stille der Lebenden. Das Licht war ein diffuses Halbdunkel, das die Gegenstände nicht mehr beleuchtete und ihre Konturen zeichnete, sondern sie in schemenhafte, langsam versinkende Gegenwart auflöste.

Er dachte an die Eltern und seine beiden Geschwister. Ja, die Alten hatten sie geopfert. Sie wussten es nicht anders, sie waren guten Glaubens. Es war nicht einmal Egoismus, sondern nur das alte Versprechen, das sich mit dem Hof verband, vom Hof ausging, von Generation zu Generation. Das Versprechen, auf dem Hof zu sterben, versorgt von den Kindern und Erben – so wie es von Anfang an das Hofversprechen war.

Und die Kinder hatten sich opfern lassen, ja sich selbst geopfert, weil es der Hof so verlangte. Niemand hatte verstanden, dass der Hof sein Versprechen nicht mehr würde halten können und daher keine Forderungen mehr stellen durfte. Der Hof machte Rechte geltend, die er verloren hatte, und niemand hatte es erkannt. Und wer es ahnte oder verspürte, dem wollten die Augen nicht aufgehen. Die Eltern, seine Geschwister, sie alle waren noch mit dem Bild des Hofes vor Augen bis an ihr Ende gegangen. Auch wenn es schon ein Zerrbild war. Es wollte nicht zerreißen. Jetzt stand ihm die grausame Wahrheit vor Augen. Und doch war dieses Bild des Hofes keine Lüge. Es war nur schrecklich verunstaltet und nicht mehr lesbar in der heutigen Zeit.

Er begann zu begreifen, warum sein Bruder im Laufe der Jahre fast mönchische Züge angenommen hatte. Wie der Hof in seinem Bewusstsein schier zum „heiligen Ort" mutiert war. Wie er sich selbst in einen Diener des Hofes verwandelte, der seine Arbeit und Mühen, sein ganzes Dasein erfüllte und heiligte. Was wollte er in die Zukunft retten? Einen Wahn oder ein Wesen? Nein, er hatte seinen Bruder gekannt, bis in die letzten Verästelungen seiner Gesten und Worte, hatte seine Gedanken schier gelesen. Er mochte bisweilen Wunderliches von sich gegeben haben, aber verrückt war er nie und nimmer gewesen. Und er selbst? Fühlte er sich unglücklich? Ach, einsam vielleicht, ein wenig verloren in der neuen Zeit und doch in ein Schicksal gefügt und im Willen Gottes geborgen.

Als er in jungen Jahren seine Entscheidung traf, hierzubleiben, meinte er gewiss den Hof, zugleich jedoch diese Welt der bäuerlichen Gemeinschaft, ohne die dieser Hof gar nicht hätte entstehen und existieren können. Und ein Gedanke nahm Gestalt an wie eine Verheißung: Vielleicht werde die Gemeinschaft neue, andere Höfe hervorbringen – dem Wesen nach und nicht in der bislang erreichten Gestalt, die sein Leben gefordert und bestimmt hatte.

Der Genussfahrer

In München lebte ein Angestellter mittleren Alters, der ein recht beschauliches Leben führte. Das Geheimnis seiner rundum abgefederten Existenz war eigentlich kein Geheimnis, sondern bestand aus der Fähigkeit und dem Willen, sich nur mit Dingen zu beschäftigen und zu umgeben, die eindeutige Funktionen besaßen sowie mit klaren Bedienungs- oder Betriebsanleitungen versehen waren – und dies möglichst in Verbindung mit einer umfassenden Garantiezusage. Denn von Abläufen erwartete er Reibungslosigkeit und von Dingen bestimmungsgemäßes Funktionieren.

Vielleicht hatte diese Auffassung mit seiner beruflichen Tätigkeit zu tun, denn er war Übersetzer von technischen Betriebsanleitungen und seine berufliche Erfahrung hatte ihn gelehrt, wie wichtig die genaue Bedeutung jedes einzelnen Begriffs war und wie schnell ein missverständliches oder gar den Sinn entstellendes Wort beim Anwender zu Problemen, vielleicht sogar zu Fehlbedienungen mit schlimmen Folgen führen konnte.

Auch gehörte es zu seinen Prinzipien, keine No-Name-Artikel zu kaufen, sondern ausschließlich Markenartikel, von denen er eine zufriedenstellende Funktionstüchtig erwarten durfte. Er mochte keine Dinge, die unverhofft ihren Dienst versagten. Sein Auto ließ er regelmäßig warten. Defekte Teile tauschte er umgehend aus und seine Schuhsohlen ließ er rechtzeitig erneuern, und nicht erst, wenn die Nutzschicht mehr als abgelaufen war und man an den Rändern schon auf der Tragschicht der Hacken lief. Kleinigkeiten – gewiss, aber das Leben besteht aus so vielen Kleinigkeiten. Man möchte sie am liebsten so klein und rund wie die Kügelchen der Kugellager halten, damit sie die Abläufe nicht als unliebsame Sandkörner im Getriebe störten.

Sein Lebensstil war zwar nicht selten etwas kostspieliger, aber er verdiente gutes Geld in seinem Job und hatte es mit den Jahren geschafft, sich in gediegener Qualität einzurichten. Seine kleine Eigentumswohnung mitsamt Tiefgaragen-Stellplatz in einem gepflegten Mehrfamilienhaus unweit der Dachauer Straße unterhielt er liebevoll und mit viel Freude am wohnlichen Detail. Die überschaubare Eigentümergemeinschaft bestehend aus acht Miteigentümern funktionierte geräuschlos. Die Hausverwaltung betreute die Immobilie mit großem Sachverstand, achtete auf Rücklagen und Reparaturen, machte gute Vorschläge im Hinblick auf Werterhalt und Wertsteigerung. Das Darlehen, das er vor Jahren für den Erwerb dieser Wohnung aufgenommen hatte, lief noch ein paar Jährchen, das Ende war absehbar.

Mit den Kolleginnen und Kollegen seiner Abteilung kam er gut aus. Man hatte sich als eine Arbeitsgemeinschaft kollegialer und partnerschaftlicher Individualisten zusammengefunden. Er galt als zurückhaltender Mensch, kultivierte vernünftige Ansichten zu allen Gesprächsthemen und trug aktiv zum positiven Betriebsklima bei, was auch der Leiter der Abteilung zu schätzen wusste. Es gab schon genug Verwicklungen auf der Welt, da musste man nicht noch mutwillig welche dazu erfinden.

Über sein Privatleben als Single sprach er kaum. Man wusste, dass er zwei Geschwister hatte, einen älteren Bruder im Schwäbischen und eine jüngere Schwester, die im Chiemgau verheiratet war. Er war stolzer Onkel einer kleinen Nichte, die noch in den Kindergarten ging. Er kümmerte sich um seine Mutter, die in einem Seniorenheim in Sendling wohnte und das Leben der Großstadt nicht missen mochte. Vater hingegen hatte früh, zu früh, das Zeitliche gesegnet.

In seiner Freizeit traf er sich mit Freunden und Freundinnen. Eine konnte man als besonders gute, sogar feste Freundin bezeichnen und auch die führte ein Single-Dasein, das sie nicht eintauschen mochte gegen einen gemeinsamen Haushalt. Sie besaß eine romantische Dachgeschosswohnung mit Loggia hoch über dem Viktualienmarkt, mit einer kuscheligen Atmosphäre, die er ungemein schätzte. Als Marketing-Leiterin eines mittelständischen Maschinenbauers mit internationalem Kundenkreis war sie beruflich häufiger unterwegs, insbesondere auf Fachmessen, auch in Übersee. Sie führten – allein schon beruflich bedingt – eine recht offene Beziehung. Finanziell bestanden zwischen ihnen keinerlei Abhängigkeiten.

Er war hochgewachsen und gut aussehend, ein „fesches Mannsbild" mit einem gepflegten Dreitagebart, der Kinn und Gesicht eine geheimnisvoll männliche Kantigkeit verlieh, die in der Damenwelt nicht unbemerkt blieb. Manche lasen darin eine Aufforderung und flirteten heftig, was er wiederum gutmütig zur Kenntnis nahm. Ein Schürzenjäger war er nicht.

Chronische Erkrankungen hatten ihn bisher verschont und dafür war er dem Herrgott dankbar. Für alle Fälle besaß er eine Lebensversicherung sowie eine betriebliche zusätzliche Altersversorgung.

Seine beiden großen Hobbys waren Bergwandern und Skifahren, Pistenski, um genau zu sein – möglichst auf gut präparierten Pisten ohne allzu großen Andrang. Die Ausrüstung bestand selbstverständlich aus Markenartikeln. Er hatte sich nicht einmal die Frage gestellt, ob es No-Name-Gegenstände gab. Seine Freizeitsport-Welt buchstabierte er mit Mammut oder Salomon, Vaude oder Lowa, Northface oder Schöffel. Selbstverständlich war er AV-Mitglied in der Sektion München. Mit Freunden oder auch mit seiner Freundin war er häufig an den Wochenenden in den Bergen unterwegs. Manchmal war er auch allein auf Tour.

Ja, er zählte zu den „Besserverdienern", verkehrte mit Gutverdienern und kultivierte soziale und politische Vorstellungen eines Gutverdieners. Und bisweilen erfüllte ihn ein gewisses Gefühl tiefer Genugtuung, die vielleicht auch dem lieben Gott nicht unbekannt war, als er sah, dass alles gut war. Nun, der liebe Gott hatte die komplette Schöpfung im Auge, er begnügte sich mit seinem kleinen Lebenskreis.

***

Und doch hatte sich im Laufe der Jahre eine Störung in seiner Wahrnehmung des Alltags eingeschlichen und die Gestalt eines Gedankens angenommen, der ihm nicht mehr aus dem Sinn gehen wollte: Meine Güte, in welchen Zeiten der Drängelei und Schubserei leben wir. Und es werde immer schlimmer, anstatt sich zu beruhigen. Wo nur all diese Leute herkämen, die sich ständig zu knubbeln schienen, anstatt vernünftigen Beschäftigungen auf geordneten Bahnen nachzugehen, um sich untereinander nicht in die Quere zu geraten. Permanente Staus mit quälendem Stop-and-go, überfüllte Bahnsteige und Züge, durch die Gänge hastende Menschen, Menschengewühl in den Kaufhäusern, Schlangen vor Kassen, überfüllte Flure auf den Ämtern oder volle Wartezimmer bei den Ärzten – waren nur die augenscheinlichsten Zeichen enger sozialer Räume, in denen man sich unter Zeitdruck letztlich nur schubsend oder träge schiebend bewegen konnte. Von gewissen lungernden Gruppen ganz zu schweigen, die sich unheimlich zu vermehren schienen. Ihr Anblick weckte Beklommenheit. Was das bloß alles für Leute seien. Sie sähen nicht danach aus, einmal in ihrem Leben einer lohnsteuerpflichtigen Tätigkeit nachzugehen oder Sozialbeiträge zu entrichten. Ihr Anblick weckte trübe Gedanken an Parallelgesellschaften und Schattenwirtschaft. Er mochte sich nicht mit ihnen beschäftigen. Zwar erlaubte es ihm sein Status als Gutverdiener, sich von den gröbsten Brennpunkten fernzuhalten, aber selbst aus seiner gewissermaßen gesellschaftlichen Vogelperspektive zeichnete sich das Bild wuchernder existenzieller Niederungen, die all diese Ruhezonen, -inseln und -oasen umrankten, aus denen sich seine Welt zusammensetzte wie ein schönes Archipel.

Während er beruflich dabei mithalf, Bedienungs- und Wartungsanleitungen für Maschinen und Anlagen zu übersetzen, die immer mehr und immer komplexere Vorgänge in immer schnellere automatische Abläufe verwandelten und die Welt mit immer mehr kleinen Helferlein ausstatteten, schienen paradoxerweise die alltäglichen Abläufe, die von den Menschen bewältigt werden mussten, immer mühseliger und holpriger zu werden anstatt flüssiger, zeitsparender und nervenschonender.

Lange hielt er dieses Geschehen für ein Zeichen des Mangels an ausreichenden Kapazitäten, Infrastrukturen, optimierten

Abläufen und Organisationsformen. Wenn man diese Mängel abstellen könnte, so müssten die Menschen die notwendige Fluidität in ihrem Leben finden und zufrieden sein.

Freilich gehörte dazu eine Vollbeschäftigung im weitesten Sinn, eine gute Organisation all dieser Wege, die die Menschen in ihrem Alltag gehen mussten. Offenbar wurde dieses Gedränge dadurch verursacht, dass zu viele Menschen gleichzeitig auf dem Weg zu einer Tätigkeit oder auf dem Heimweg von eben einer Tätigkeit waren.

Aber war dies die wirkliche Ursache? Oder war es vielleicht nicht so, dass immer mehr Menschen durch ihr Leben streunten, ohne etwas Zielgerichtetes und Sinnvolles zu tun? Waren sie ständig auf der Suche nach Gelegenheiten – wie die Tauben und Sperlinge der Stadt nach ihren Häppchen Nahrung?

Dieses permanente Gedränge, das ihm Unbehagen bereitete, kam ihm vor wie ein riesiger lebender Knoten, der vielleicht gar nicht zu entwirren war. In seinem Umfeld wurde zwar über gesellschaftliche Probleme gesprochen, aber zugleich wurden die Zusammenhänge sorgsam zerredet, sodass alles in einem Sprachbrei versank und man bis zum Sankt-Nimmerleinstag hätte diskutieren können, ohne zu einer klaren Einschätzung zu gelangen. Offenbar wollte niemand ein genaues Wissen besitzen. Stattdessen redete man die Dinge schön. Das fing damit an und hörte damit auf, dass es gar keine armen Menschen gab, sondern nur von Armut bedrohte Menschen – welch wunderschöne Nuance der Verharmlosung. Echte Arme gab es auch, aber das waren „Penner", die ihre Existenz so wollten. Also gewissermaßen verantwortungsbewusste Arme, denen man mitunter mal einen Euro in die Hand drückte oder die

Obdachlosenzeitung abkaufte. Dann trollten sie sich und man war erleichtert. Nicht anders verhielt es sich mit den Reden der großen Öffentlichkeit, wo Defizite permanent formuliert und reformuliert wurden, mit dem endlosen Refrain, dass Abhilfe geschaffen würde, ganz bestimmt.

Er erinnerte sich, dass schon vor zwanzig Jahren Arbeitslosigkeit oder Bildungsdefizite beklagt wurden – und immer noch beklagt werden. Passend dazu fiel ihm die politischen Übungen der sogenannten Sonntagsrede ein oder der Wahlversprechungen. Mit diesen Begriffen brachte man zum Ausdruck, dass man untätig bleiben werde oder irgendwelche Alibi-Tätigkeiten meinte. Kurz, all diese Probleme schienen als chronisch verstanden zu werden. Man müsse damit leben und sich deshalb keinen Kopf machen. Leider hatte sich der Gedanke in seinem Kopf festgesetzt und er wurde ihn anscheinend nicht mehr los. Dass ihm das passieren müsse, ihm, der er doch zeit seines Arbeitslebens ein gläubiger Mensch gewesen war, vom Glauben beseelt, dass diese Gesellschaft durch gute Arbeit sich selbst in einen vernünftigen und für ihre Mitglieder lebenswerten Zustand versetzen würde.

Wer er nicht selbst ein lebendes Beispiel. Und er hatte gedacht, dass immer mehr ehrlich arbeitende und angemessen entlohnte Menschen diese Gesellschaft prägen und ihre Geschicke lenken würden – zu immer neuen fortschrittlichen Ufern. Sein Leben – war es nicht Inbegriff und Modell aller Leben, die diese Gesellschaft lebbar machen wollte? Er musste Abschied nehmen von dieser Vorstellung, die ihm so bedeutsam erschien. Nein, eigentlich musste er sie in eine Frei-Zeit retten, in ein Intervall, das frei war von all diesen hässlichen

Geräuschen, von den Verrenkungen dieser Gesellschaft, die sich immer wieder bemerkbar machten. Ihr Dasein drückte auf sein Gemüt. Er aber wollte das Leben retten. Und wenn das eine Archipel, das er sich geschaffen hatte, nicht genügte, so musste er noch eins hinzufügen. Und er begann, sein eigenes Freizeitverhalten mit neuen Augen zu sehen. Es verwunderte ihn, dass er mit einem Mal seine Freizeit als Frei-Zeit verstand, als ein Intervall freier Bewegung von Körper und Geist.

***

Sonntagmorgen, winterliche Herrgottsfrühe, draußen herrscht noch tiefe, frostige Dunkelheit. Der Mann schaute sich noch einmal im Internet den ausgezeichneten Wetter- und Schneebericht an und schaltete seinen Laptop aus. Dann begab er sich zum Wohnzimmerschrank, öffnete die Schranktür und zog eine Zigarrenkiste aus dem Regal. Er entnahm eine Charatan Corona, kerbte den Sumatra-Stängel mit dem V-Cutter an und schob die Zigarre in den Alu-Tubo, den er sorgfältig verschloss. Den Tubo verstaute er in der Innentasche seiner dicken dunkelblauen Outdoorjacke The North Face. Alle anderen Requisiten seines Ski-Sonntags in Warth hatte er schon im Auto bzw. in der Dachbox seines Wagens untergebracht. Sein besonderer Stolz war ein breitkrempiger Stetson Outdoorhut mit Kinnband, der seinem Outfit den letzten Schliff verlieh. Ja, da stand er vor dem Spiegel und warf einen letzten wohlgefälligen Blick auf seine Person: hochgewachsen und gut aussehend, gepflegter Dreitagebart, männlich-kantig-cool. Das Frühstücksbrot war gegessen, der Kaffee getrunken,

Pipi gemacht. In drei Stunden wollte es sich bis an den Lift der Jägeralpe möglichst ohne Staus durchgeschlängelt haben. Auf geht's.

Man muss nicht die Hauptpfade der Karawanen aufsuchen, es gibt noch ein paar Schleichvarianten, Starnberg, Peißenberg, Peiting, Steingaden beispielsweise und dann schön auf der B 17 weiter, Füssen rechts unten liegen lassen, auf der alten Landstraße am Wasserkraftwerk Weißhaus vorbei und schwups über die Ulrichsbrücke den Lech gequert, nicht unbedingt auf die Tiroler B 179 bis zur Ausfahrt Reutte-Nord, auch wenn sie verführerisch vignettenfrei ist. Sie kann sich als böse Falle erweisen, wegen des Fernpass-Durchgangsverkehrs mit seinem Rückstau. Deshalb schlich er sich über die Dörfer, Musau, Pflach, nach Reutte, erreichte den Kreisverkehr vor dem Gemeindeamt, bog in die B 198 ein und bretterte das Lechtal hinauf bis nach Warth. Vorsicht in Stockach, die Josephs-Kirche im Dorf lassen. Entweder hat man dort die Kirche in die Straße gebaut oder umgekehrt die Straße wie einen Kragen um die Kirche herum. Wer mochte sich da quergelegt haben? An der Krumbach-Brücke noch schnell den Grenzstein von Vorarlberg gegrüßt und sich gewundert, warum hier schon Vorarlberg beginnen müsse, raufgekurvt, die Reichen, Einfluss-Reichen und ihre Schönen am Ortseingang von Warth links liegen gelassen, die Zufahrt nach Lech und Zürs ist ohnehin gesperrt, vermutlich ihretwegen. Das ist auch besser so. Andernfalls gäbe es dort schon längst Pommes- und Dönerbuden mit „Koniginnen-Blick" oder so fürs gaffende Volk. Nun noch vorsichtig durch Warth, vorbei am Steffisalpe-Lift über die B 200 mit ihren Lawinengalerien und ausgangs der letzten Galerie, ein Blick nach vorne links: jawohl, es ist noch reichlich Platz auf dem Parkplatz und am Sessellift der Jägeralpe knubbeln sich nicht die Skifahrer und Snowboarder. Va bene.

Er suchte für sein Auto einen Platz in der stehenden Autoschlange, die hier die Form einer Reihe angenommen hatte, ganz hinten in der bergseitigen Reihe war noch Platz, direkt unter der senkrechten Schneewand, die von der Fräse er-zeugt worden war. Er stieg in seine Skischuhe, deren Schnallen er noch nicht schloss, weil er ja zum Lift stapfen musste, und schulterte seine Bretter. Stöcke nahm er keine mit, er wollte die Hände freihaben. Hut aufgesetzt und ab zur Kasse. Skipass gekauft, Schier angezogen und mit dem Sessellift rauf auf mehr als 2000 Meter, dort, wo der Schnee glitzert und die Morgensonne als flammende Silberscheibe den stahlblauen Himmel durchgleißt. Wo sich die Pisten unter Warther Horn und Karhorn über unzählige Kilometer makellosen Schnees durch die Hänge schlängeln und gegenüber die felsigen Klötze von Widderstein und Bieberkopf grüßen, als wollten sie sagen: Im Sommer kommst du aber zu uns. – Oder gehe zu einem eurer Lechtaler Kollegen, dachte der Angestellte und sein Blick wanderte hinüber zur Holzgauer Wetterspitze. In ihm baute sich ein stilles Vergnügtsein auf, der Höhepunkt bereitete sich vor. Nur noch ein wenig verweilen in diesem Augenblick, zu dem sich schon der alte Goethe anerkennend geäußert hatte. Aber jetzt werde er diesem famosen Augenblick den Nachbrenner verpassen und ihm seine Schlangenform verleihen – und zwar ohne Geschubse, damit wir nicht vergessen, dass es noch elegante und entspannte Bewegungen gibt auf dieser Welt. Und er griff in seine Innentasche, machte versonnen leckend seine Zigarre startklar und entzündete sie.

Als sich der erste aromatische Kringel vom Brandherd löste und sich als Zeichen wohlgefälliger Gabe in den windstillen Himmel erhob, schob er seine Skier in sanfter Neigung zu Tal und begann mit einem eleganten Rechtsschwung und im bummelnden Tempo seine beschauliche Fahrt. Blieb stehen, wenn es ihn gelüstete, schaute und saugte – an seiner Zigarre und zugleich an dieser herrlichen Welt. Wenn er weiterfuhr, ließ er immer neue schlangengleiche Spuren im Schnee wie in der Luft hinter sich, bis sich auch diese im unendlichen Weiß und Blau verloren. Einzelne Skifahrer schauten bisweilen amüsiert in seine Richtung und mochten sich fragen, ob da vielleicht eine Filmszene gedreht wurde. Nein, kein Kamerateam weit und breit. Kein Film, eher ein Stück köstlicher Echtzeit, mit Darsteller und Regisseur in einer Person.

***

Um die Mittagszeit fand er einen bequemen Liegestuhlplatz auf der Sonnenterrasse unten am Lift und bestellte eine Bockwurst mit Brötchen sowie einen heißen Tee. Bei seinen Outdoor-Aktivitäten beschränkte er sich auf Speis und Trank in aller Schlichtheit. Er konnte ein Feinschmecker sein, aber hier, in Gottes freier Natur herrschte die Brotzeit, die Jausenkultur. Außerdem war die Jägeralpe ein recht populäres Skigebiet, das auch von den Lechtalern gern genutzt wurde. Eigentlich war es ihr Skigebiet, auch wenn es auf Vorarlberger Gebiet lag. Es gab kein Nobelrestaurant, stattdessen eine kleine Theke, die sich in den Schnee hinausschob und dazu einen Lautsprecher, aus dem Popmusik tönte. Was die recht unwissende lokale Jugend halt so benötigte, um sich selbst zu genießen und in Schwung zu bringen.

Es war Zeit für eine Siesta mit seltener Tiefenentspannung. Dies war offensichtlich die einhellige Meinung aller Terrassenbesucher. Die Kellnerinnen hatten kaum noch zu tun. Alle Besucher waren versorgt, da und dort nippte einer an seinem Glas. Je entspannter der Mensch, desto stärker schieben sich alle Harmonien dieser Welt in den Vordergrund. Und als Gruppenerlebnis scheint sich das Harmonieempfinden noch zu steigern. Jedenfalls kam es ihm so vor, inmitten all dieser sonnenbestrahlten, ruhenden Skifahrer. Die ruhende Herde strahlte Ruhe aus, produzierte Ruhe und gab sie an die Welt ab.

Wie durch Watte drang nach einiger Zeit eine leise Stimme, die ihn mit seinem Namen ansprach. Er öffnete die Augen, nahm seine Sonnenbrille ab und erwiderte den Gruß der jungen Frau, die mit ihrem Verlobten vor ihm stand. Wo er seine Freundin gelassen habe. Sie solle nicht so neugierig sein, er sei heute solo unterwegs. Na, na, drohte sie ihm schelmisch. Sie lasse ihren Mann nicht allein auf die Piste unter so viele weibliche Skihaserln. Dabei schaute sie ihren Verlobten entschieden an. Der nickte zustimmend. Na, offenbar hat sie die Hosen an in dieser Beziehung. Wundern täte es ihn nicht, er hatte sie schon als Kind gekannt, sie schlug dem Vater nach und der war ein Mensch, der lieber selbst etwas sagte, anstatt sich etwas sagen zu lassen. Was ihr Hausbau unten im Tal mache? Der Rohbau sei fertig, das Dach sei gedeckt. Momentan seien sie mit Elektro- und Sanitärinstallation und dem übrigen Innenausbau beschäftigt. Ja, dann werde ihr Nest bis zum Sommer wohl bezugsfertig sein. Wohl, und sie freuten sich schon. Die beiden tauschten verliebte Blicke. Und die Schule? Wie komme sie mit ihren Schülern zurecht? Es war ja ihre erste Anstellung. Offenbar problemlos, die Kinder machten keinen Stress. Was ihn freute. Hier waren die Gruppen noch homogen und überschaubar. Die Schüler waren relativ entspannt, die schulische Welt war noch halbwegs in Ordnung – kein Vergleich mit den Zuständen in München oder anderen großen Zentren.

Die jungen Leute wollten zum Sessellift, beide waren ausgezeichnete Skifahrer. Als Schülerin war die junge Frau schon in der Fördergruppe des Bezirks. Eine Verletzung hatte sie dann zurückgeworfen und sie hatte ihre Renn-Träume begraben. Er bat sie, ihre Eltern und beide Geschwister herzlich zu grüßen. Er werde demnächst auch mal wieder selbst reinschauen. Grüße an seine Freundin – und schon tigerten die beiden in Richtung Lift.

Das Tal ist klein, dachte er. Jetzt kenne er schon die zweite Generation und nicht in allzu ferner Zeit die dritte. Darauf könne man sich verlassen. Hier heiraten die Menschen noch ganz klassisch und lassen den Kindersegen auf sich zukommen – na ja, in Grenzen, ein, zwei, manchmal auch drei Kinder waren schon noch drin. Die wenigen verbliebenen Pfarrer hatten es schon längst aufgegeben, in diesen Dingen massiv Einfluss zu nehmen. Er fand das auch besser so. Alles zu seiner Zeit. Heute war die Kindersterblichkeit äußerst gering und es wurden einfach weniger Menschen gebraucht, um die Gesellschaft in Schwung zu halten. Er brach seine Gedankengänge ab, auf geht's, eine Runde geht noch. Er erhob sich schwerfällig, dehnte sich, packte seine Schier und trottete gemächlich zum

Lift. Zwei unbeschwerte Stunden im Schnee hatte er noch vor sich. In den Geländefalten bildeten sich erste Schattenzonen. Die weniger geneigten blauen Pisten waren noch in einem ordentlichen Zustand, die roten an manchen Stellen schon abgefahren und vereist. Heute Nacht werden die Heinzelmännchen, Pistenbully-Fahrer, Beschneier, Schneimeister, wieder ausschwärmen und die Pisten präparieren, mit Pistenraupen, Seilwinden und Beschneiungsanlagen. Snow-Management – ein hochkomplexes Geschäft, das für Anlagenbetreiber richtig teuer werden kann. Zur Hälfte bestehen die Pisten schon aus technischem Schnee. Aber welcher Skifahrer achtet schon darauf? Alle wollen möglichst zügig und reibungslos raufgefahren werden und makellose Pisten wie eisige Kugellager unter die Bretter nehmen, von Weihnachten bis Ostern.

***

Am Montagmorgen begann die Arbeitswoche damit, dass man bei einer Tasse Kaffee die Wochenendaktivitäten der Kolleginnen und Kollegen durchkaute. Ein schönes Ritual unter Wiederholungstätern. Ach ja, die eine Kollegin hatte die Gelegenheit genutzt, um mal wieder ordentlich zu flirten. Warum auch nicht? In dieser Freizeitdisziplin hatte sie Übung. Ein anderer Kollege, Skifahrer wie er, war dem Après-Ski zugeneigt und hatte die halbe Nacht auf Sonntag in der Diskothek zugebracht – mit seiner Freundin, um genau zu sein. Erst am späten Vormittag seien sie noch ein paar Stunden auf die Piste, um ihren Dampf zu vertreiben.

Andere hatten das Wochenende mit seriöseren Tätigkeiten verbracht. Nun ja, etwas Freizeitliches halt. Ihren Computerfreak musste man nicht fragen: Der hatte sich wieder einmal vergraben zwischen DVDs, Rechner und seiner Kiste voller Hardware. So komme er nie zu einer Frau, war die einhellige Meinung der anderen. Darauf sei er auch noch gar nicht erpicht, war die Antwort. Ob er denn keine Angst habe, die Mädels ganz zu verpassen, die wären doch schon fast alle vergeben und in festen Händen. Iwo, er sehe das anders. Am Ende des ersten Beziehungszyklus seien erfahrungsgemäß die ersten wieder frei. Das sei dann seine Stunde für eine Beziehung 2.0, dann werde er zuschlagen. – Er verbaue zu viele gebrauchte Bauteile in seinem Rechner, gab man zu bedenken, das schlage schon auf seine Konzeption des Beziehungslebens durch. Am Ende werde er noch selbst zum Rechner. Und wenn schon? Er müsse schließlich mit seinem Leben klarkommen.

So, nun war auch er dran. In Warth sei er gewesen, auf dem Jägeralpe-Lift. Am Vormittag, als die Pisten noch recht leer waren, sei er gemütlich eine Zigarre paffend herumgefahren, ein herrlicher Sonntagmorgen-Spaziergang auf Skiern sei das gewesen. Mittags unten auf der Terrasse des Lifts eine Bockwurst mit Brot gegessen sowie einen heißen Tee mit Zitrone getrunken. Junge Leute aus dem Dorf getroffen und ein wenig palavert. Das tolle Wetter genossen. Ja, und gegen fünf sei er wieder zurück nach München gefahren. Na ja, die Bockwurst mit Brot hörte sich eher billig an, aber man wusste ja, dass er ein Bergfex war, mit Hang zu spartanischen Outdoor-Lebensweisen. Sein „Dorf" war ja bekannt als ein mythischer Ort, ein paar Häuser mit ein paar Leuten drin, irgendwo in einem ansonsten menschenleeren Seitental, am Ende der Welt.

Der Kaffee war fast ausgetrunken, schnell noch ein paar politische Anmerkungen in die Runde. Stadt, Freistaat, Bund, EU, international – nichts Besonderes. Offenbar war auch die kleine und große Politik ins Wochenende gefahren und hatte die Leute mit unliebsamen Neuigkeiten verschont. Alles war im grünen Bereich der Routinen.

Ans Werk. Nicht vergessen, um elf ist der Abteilungsleiter in einer Besprechung, teilte ihre Sekretärin mit. Wie lange? – Keine Ahnung, mindestens bis Mittag. Nach zwei wird er wohl wieder im Büro sein. Auf geht's, Abmarsch in sein kleines Büro. Fahren wir den Rechner hoch. Leise surrte der Lüfter. Das Betriebssystem blickte in die Runde, ob auch alle seine Helferlein ihre Arbeit aufnahmen. Sie taten es gehorsam und nach einigen Sekunden leuchtete der Bildschirm sanft und friedlich. Er nahm die Maus in die Hand. Schon sauste ihr Zeiger ganz nach seinem Belieben. Sein erster Blick galt der Mailbox. Der erste Doppelklick des Arbeitstages. Das übliche Wochenend-Sammelsurium schlug sein Fenster auf – ab in den Papierkorb. Nichts Dringliches, das hätte bearbeitet werden müssen. Wo waren wir am Freitag stehen geblieben?

Die Schneeprinzessin

„Da sind sie." – Ihre dreijährige Enkeltochter riss sich von Mamas Hand los und rannte über den Bahnsteig. „Omi, Opi!" – Und schon reckte sie ihre Ärmchen empor, wurde von Oma in die Arme genommen und hochgehoben, beide außer sich vor Freude. Und Oma herzte sie, Opa kam hinzu, berührte mit seinem Kopf ihr Köpfchen und sagte ein paar freundliche Worte. Sie reagierte kurz und war schon wieder bei Omi, noch nicht fertig mit dem Herzen und Liebhaben.

Sohn und Schwiegertochter kamen näher, zogen einen kleinen Koffer auf Rollen hinter sich her. Das übrige Gepäck hatten die Eltern schon ein paar Tage zuvor mitgenommen, im Auto.

Der Bahnhof hieß Kempten Hauptbahnhof und angekommen war der Regionalexpress von Ulm, der hier endete.

Endlich wurde Lara wieder zu Boden gelassen und die Familie bewegte sich hinunter in die Unterführung, durchquerte die Bahnhofshalle und ging zum Ausgang. Draußen auf dem Bahnhofsvorplatz blickte Lara sich suchend um und stellte fest, dass hier kein Schnee lag, nur ein paar Haufen zusammengekehrter Altschnee, hart und unter seiner Decke aus Splitt und Erde kaum erkennbar wie ein alter Lawinenrest im Sommer. Schon malte sich in ihrem Gesicht Enttäuschung. Die ganze Vorfreude umsonst gefreut. Nicht zu fassen. Opa konnte sie beruhigen. „Wir fahren jetzt in die Berge", sagte er, „und da ist Schnee, wie du ihn noch nie gesehen hast. Gaaanz viel Schnee." Und er machte eine riesige Handbewegung, die offenbar Eindruck hinterließ. Enkelchen schöpfte neuen Mut, musste jedoch unbedingt auf einen schmutzigen Schneehaufen klettern und ihn mit Händen und Füßen bearbeiten. Opa rief ihr zu: „Lass nur, du bekommst heute noch so viel schönen Schnee."

Man bestieg das Auto. „Ketten hast du dabei?", fragte Sohnemann. – „Natürlich, aber die werden wir kaum benötigen. Mit dem Allradantrieb schaffen wir die Steigung auch mit Neuschneebelag. Außerdem fährt Martin mit dem Schneepflug und hält die Strecke frei. Wir brauchen uns keine Sorgen zu machen." Na dann. Lara wollte unbedingt vorn sitzen, bei Papa, auf dem Schoß. Hm, noch nicht ganz vier Jahre alt, ein bisschen wenig. Oma fand das gar nicht gut. Sie war zuständig für überall lauernde Gefahren: die Verkehrsunfälle, die Abgründe. Man einigte sich auf einen Kompromiss. Ab dem Talort, wo man von der Bundesstraße ins Seitental abzweigte, dürfe sie vorn auf Papas Schoß sitzen. Da oben lassen sich die Gendarmen nicht blicken. Oma gab nach. Opa schmunzelte, sagte aber lieber nichts. Bis heute hatte seine Frau einen Riesenrespekt vor den steilen Schluchten mit ihren Abgründen, einige gleich neben der Fahrbahn, bergauf auf der Beifahrerseite. Sie selbst würde diese Bergstrecke nie fahren, und mitten im Winter bei Schneetreiben schon dreimal nicht. Musste sie ja nicht. Lara kam nach hinten zwischen Mama und Oma. Es ging los. Autobahn bis Oy-Mittelberg, dann weiter über die Bundesstraße Richtung Oberjoch und Tannheimer Tal.

Es wurde langsam dunkel und kurz vor der Grenze bei Schattwald setzte Schneefall ein, zunächst leicht, dann stärker, schließlich ein dichter Flockenvorhang. „Naja", meinte Opa, „Pulverschnee ist es nicht, zu warm, aber liegen bleiben tut er schon, sogar auf der Straße. Bald fahren wir auf einer Schneedecke. Ein recht feuchter Schnee, hoffentlich friert es anschließend drüber." Langsam durchfuhren sie das Tannheimer Tal. Lara sagte keinen Pieps mehr. Ob sie schlafe nach der langen Zugfahrt. – Von wegen, die schaut. Ja, Lara schaute zwischen Opa und Papa hindurch in die von den Scheinwerfern des Autos beleuchtete Flockenwand, durch die sie fast lautlos glitten. Kaum Verkehr auf der Straße, manchmal Waldstücke, Fichten und Tannen, die sich mit Schnee bedeckten, weiße Hausdächer, eine kleine Kapelle am Straßenrand. So, jetzt war auch die Straße weiß. Lara hatte sich schier in Trance geschaut.

***

Überall, aufgehoben im Überall. Augen überall, gebannt versunken im weißen Strom. Flocken überall, verwischen Himmel und Erde, oben und unten, füllen tanzend den Raum mit ihrer unendlich schwebenden Gestalt. Ich bin in der Welt und die Welt ist in mir. Alles wird vom riesigen Weiß durchdrungen. Fallt, fallt, immer weiter, immer mehr. Und wie viele schon da sind, mehr, noch mehr. Ich bin überall, Eiskönigin komm. Und Olaf mit leuchtendem Geweih und seinem warmen Fell. Schon sitze ich auf dem wunderbaren Schlitten der Faszination und sause durch die Märchenwelt meiner Imagination.

***

Mama erzählte, dass die Kleine schon auf der Zugfahrt im Rheintal nicht vom Fenster wich und sie habe die Burg Kaub wiedererkannt. Manchmal seien sie selbst ganz verblüfft, wie genau sie sich an Dinge erinnere. Opa bemerkte, dass sie Bilder förmlich aufsauge, wie ein Staubsauger, sie habe wohl einen kleinen Bildersauger im Köpfchen. Unterwegs habe sie nicht aufgehört, von Bergen und Schnee zu fantasieren. Und wir mussten ihr immer wieder von der Eiskönigin erzählen und vom Rentier Olaf – das hatte sie aus der Weihnachtsgeschichte mit Laura, die sie mehrfach mit Opa an seinem Rechner angeschaut hatte. Und am Loreleyfelsen hat sie gefragt, ob das schon Opas Berge seien. Berge und Opa, das gehöre wohl zusammen in ihrem Kopf. Opa lächelte. Wer weiß, seine beiden Söhne hatten ja kein besonderes Interesse für die Berge entwickelt. Vielleicht das Enkelchen. Und er versuchte im Rückspiegel einen Blick auf das Gesicht seiner Enkeltochter zu werfen. Das Kind erwiderte seinen Blick, lächelte und schon war ihr Blick wieder nach vorn gerichtet. Hm, offenbar will sie nichts verpassen von diesem Schneeszenario. Langsam fuhren sie wie auf Watte und von Watte umhüllt. Lief überhaupt noch der Motor? Es war so still in ihrer kleinen rollenden Sphäre. Die äußere Stille schien durch Scheiben und Türen zu dringen und umfloss sie alle. Die Unterhaltung erstarb. Der Schneefall ließ nicht nach, der Flockenvorhang schien noch dichter zu werden.

Am Gaichtpass ging es vorsichtig die steilen Kurven hinunter nach Weißenbach, durch den Ort hindurch und am Kreisverkehr des Ortsausgangs rechts hinein ins Lechtal. Auf der Lechtaler Bundesstraße herrschte nur spärlicher Verkehr, Räumfahrzeuge waren nicht zu sehen. Sie erreichten den Talort Elmen. Opa bog nach links ab und hielt auf dem kleinen Parkstreifen vor der automatischen Warntafel. Die Ampel war abgeschaltet. Die Jochstraße hatte ihre Wintersperre. Lara durfte nach vorn, auf Papas Schoß. Mutter gab ihrem Sohn letzte Sicherheitsanweisungen im Sinne von „lass das Kind nicht fallen". Und dann ging's los. Die steile Rampe hinauf, auf vielleicht zehn Zentimetern Neuschnee. Sie legten die erste Spur. Hier machen wir auf einer Strecke von 800 Metern knapp 300 Meter Höhenunterschied. Festhalten, es geht hoch wie im Fahrstuhl. Opa wechselte von Automatik auf manuelle Schaltung. „Das machen wir heute mal im zweiten Gang." Der Wagen zog langsam, aber stetig bergwärts. Oben am Eck konnte man die Abgründe erahnen, tief unten im Tal leuchteten schemenhaft einige Häuser. Und dann schloss sich wieder die weiße Wüste um sie her. Nur dass jetzt mit dickem Schnee beladene Tannen ganz nahe rückten und die Straße wie ein enger gleißender Tunnel wirkte.

**

„So, Lara, gleich sind wir da, noch zwei Kurven und dann links hinauf zum Haus." Opa verlangsamte die Fahrt, holte etwas weiter nach rechts aus, um dann das kurze Steilstück zum Hausvorplatz in Angriff zu nehmen. Die Hausleute hatten noch keinen Schnee geschippt. Die Reifen drückten mit knirschendem Geräusch den Schnee zusammen. Sanft kam der Wagen zum Stillstand. Wir sind da. Die Hausherrin hatte sie bemerkt, trat vor die Tür und begrüßte sie. Vor allem Lara hieß sie ganz herzlich willkommen. „So, du bist die Lara und zum ersten Mal in den Bergen? Wie alt bist du denn" – „Drei." – „Da bist du ja schon groß. Morgen scheint bestimmt die Sonne. Wie spät wollt ihr frühstücken?" – „So um neun." –

„Ist gut. Bekommt die Kleine Milch?" – „Ja, gern heiße Milch, wir machen ihr dann Kakao." – „Ist schon recht." – „Wie wird das Wetter?" – „Na, ein paar Zentimeter werden heute Nacht noch dazu kommen. Aber dann soll es schön werden, die ganze Woche. So, hier ist der Schlüssel. Wenn ihr etwas braucht, meldet euch."

Und hinauf ging es in den zweiten Stock, wo sich ihre Ferienwohnung befand und gleich daneben ein schönes Zimmer für die Eltern mit einem Bettchen für Lara. Lara hatte schnell die Räumlichkeiten inspiziert, auch die tolle Holzterrasse mit den beiden Fenstertüren, die eine vom Wohnraum der Ferienwohnung, die andere von ihrem Zimmer. Aha, man konnte auch über die Terrasse um die Hausecke von den einen zu den anderen, nicht nur über den Hausflur. Draußen wirbelten die Flocken im Widerschein der Außenleuchte. Sie fand die Bleibe auf Anhieb sehr angenehm, hatte schon ihren Platz auf der Couch bei Opa und Oma ergattert – der Fernseher blieb allerdings aus. Mutters Worte hatten einen entschiedenen Klang. Es gab auch keinen Protest. Es war viel interessanter, gleich wieder nach draußen zu kommen und sich mit dem Schnee zu beschäftigen. „Gleich geht's weiter, wir fahren runter ins Dorf, dort ist das Gasthaus, wo wir zu Abend essen. Außerdem müssen wir noch bei Martin vorbeischauen und nach dem Schlitten fragen."

Unten im Dorf tauchten neue Gesichter auf, ziemlich wilde, jedenfalls beeindruckende. Da waren Martin und seine Frau Resi, bei denen sie kurz in den Hausflur schauten und sich meldeten. Gleich ging es hinüber in den Gasthof. Opa lugte durch die Küchentür und sie gingen in die Gaststube.

Schon kamen die Wirtin und das übrige Personal, um sie zu begrüßen. Lara war keineswegs verängstigt. Alle stürzten sich natürlich auf die kleine Lara, stellten Fragen, redeten mit den Eltern und Großeltern. Die alte Köchin schoss den Vogel ab, kniete vor ihr, fasste sie bei der Schulter, streichelte ihre Haare und nannte sie überschwänglich „Schatzi". An dem Wort musste sie offensichtlich knabbern. Aber sie begriff, dass es wohl freundlich gemeint war, und schenkte der Frau ihr Lächeln.

Sie bekamen den runden Tisch und fanden alle einen Platz auf der Bank, die gut die Hälfte des Tisches umschloss. Bei Tisch kam es zum Almdudel-Vorfall, der den Sprung in die Legende des Kindes fand. Lara wollte unbedingt Pommes. Pommes waren zu dem Zeitpunkt der große Hit, noch vor Nudeln. Ja, klar, die Pommes waren schon bestellt, was Lara allerdings nicht mitbekommen hatte. Albert nahm derweil die Getränke-Bestellung entgegen, während Lara fasziniert das ausgestopfte Murmeltier an der Wand über dem Tisch betrachtete. Ob sie Almdudler wolle? – Was? Wir hatten doch Pommes ausgemacht. Lara wurde laut, sah ihre Pommes schon entschwinden und rief entrüstet: „Ich will keinen Almdudel!" Und sie verstand gar nicht, warum alle amüsiert lachten. Sie fand das überhaupt nicht lustig. Schließlich ließ sie sich aufklären und erlaubte gnädig, dass man ihr zu den Pommes ein Glas Almdudler reichte. Albert, dessen ernste Lethargie normalerweise durch nichts zu erschüttern ist, lächelte Lara an und machte eine Bemerkung: Sie bekomme auch ihre Pommes, extra für sie. Na, das hörte sich doch gut an.

Dem Almdudler sollte sie übrigens treu bleiben und viel später mit Opa der Meinung sein, dass er erst ab 2000 Meter Höhe richtig gut schmeckt.

***

„Opi, bist du schon waaach?" – Lara zupfte energisch an Opas Pyjama. Zum Balkonfenster, unbedingt, jetzt, sofort. Natürlich ahnte er, was sie ihm zeigen wollte. Der Himmel war wolkenlos und strahlend blau, die Gipfel und Felswände weiter oben schon von der Sonne beschienen. Und Schnee. Eine Winterlandschaft von atemberaubender Schönheit. Lara hatte sich einen Stuhl geangelt und an das Fenster geschoben, stand auf der Sitzfläche. Sie lehnten aneinander und betrachteten einen Augenblick regungslos diese großartige Welt. Opa nahm sie auf den Arm und ging mit ihr ein paar Schritte auf den Balkon. Das Panorama wurde noch größer und beeindruckender. Rechts leuchtete der Rotwandgrat von den Strahlen der Morgensonne entzündet. Stumm betrachtete das Kind diese neue Welt im winterlichen Kleid. Die Luft war herrlich kalt. „Schau mal, unser Auto", deutete Opa nach unten, „das müssen wir gleich ausgraben." – „Au ja." – „Aber erst einmal waschen und anziehen. Und dann frühstücken."

Heute werden wir sie nicht mehr aus dem Schnee rausbekommen, hieß es am Frühstückstisch. Die Eltern hatten schon genügend Verlautbarungen ihrer Tochter gehört. Und so kam es dann auch. Lara hatte es eilig, konnte das Ende des Frühstücks kaum erwarten. Gleich ging es raus. Mit Schaufel, Schneeschieber, Bürste und Besen schaufelte man das Auto frei. Bei der Gelegenheit wurde für Lara ein kleiner Durchstich durch die Schneewand am Rand des Parkplatzes gegraben. Das Kind war begeistert, rechts und links Schneewände höher, als sie selbst groß war. Schließlich musste Lara selbst mit Besen und Bürste vom Schnee befreit werden. Mutter hatte in weiser Voraussicht eine komplette Wechselgarnitur dabei. Der Tag würde noch lang werden.

***

Das Wetter zeigte sich eine ganze Woche lang von seiner schönsten Seite, angenehme trockene Kälte und Sonnenschein. So ein Glück aber auch. Wie gemalt für Lara, die von früh bis spät draußen beschäftigt war. Der Schnee hatte es ihr einfach angetan. Auf ihren Spaziergängen zog es sie immer wieder den Hang empor. Dann robbte sie auf allen Vieren und schaute stolz hinunter, lachte und winkte. „Also der Schnee ist ja für Kinder ja ein ganz besonderer Stoff", bemerkte Opa, „aber die Lara ist vom Schnee wirklich fasziniert." – „Ja, wenn man ihr so zuschaut, welch eine Freude. Man muss sich einfach mit ihr freuen", entgegnete Schwiegertochter. „Sie ist überhaupt sehr positiv geladen", meinte Sohnemann. „Die Betreuerinnen im Kindergarten loben ihr Sozialverhalten. Sie ist aufmerksam, einfühlsam und hilfsbereit", ergänzte Schwiegertochter. „Nun ja", bemerkte Oma, „sie hat schon sehr viel Sonnenschein im Herzen. Aber es werden auch finstere Momente kommen." Gewiss, jetzt aber folgte ein wolkenloser Himmel dem anderen. Die Luft war angenehm frostig-trocken und die Sonne verwandelte das Tal in eine funkelnde Winterwelt. Die Dunkelheiten des Lebens konnten warten. Vielleicht war man ja besser gerüstet, wenn man viel Sonne getankt hat.

Die riesigen Eiszapfen an den Felsen entlang der Straße wurden in Augenschein genommen. Der eine oder andere abgebrochen, in den Schnee gesteckt oder zerlegt. Interessant, dass so ein Zapfen kaum in zwei Teile, sondern meistens in mehrere Teile auseinanderbrach. Weiter oben sichtete man ein fast eingeschneites Verkehrsschild. Na ja, die Fräse hatte auch ihren Teil zum Schneewall beigetragen. Lara wurde drauf gehoben, sie solle sich neben das Schild stellen. Sie konnte locker das runde 30-km-Schild anfassen. Im Sommer würde Opa das Schild noch einmal fotografieren. Dann könne man vergleichen und sehen, wie hoch der Schnee gelegen habe. Später ging es runter in sausender Schlittenfahrt mit Papa. Und die anderen drei spazierten gemächlich hinterher. Als man sich schließlich wieder unten an der Einmündung der Straße traf, war Lara schon wieder unterwegs am Hang, krabbelte auf allen Vieren einige Meter empor, um sich schließlich triumphierend aufzurichten und den Erwachsenen tief unten zuzuwinken.

***

Da war die Fahrt mit dem Sessellift hinauf auf die Sonnalm. Nebenan starteten die Paraglider. Papa wollte sich das aus der Nähe anschauen. Lara in heller Aufregung. Offenbar befürchtete sie, dass ihr Papa davonfliegen könnte. Auf der Terrasse des Bergrestaurants hielt es sie nicht lange. Schon stapfte sie im Schnee am Hang gleich nebenan, versank fast bis zum Bauch. Aber die Neigung war arg steil. Papa hechtete hinterher, um sie wieder einzufangen. Am Ende kommt sie noch ins Rollen und unten als Lawine an.

Vom Sessellift aus beobachtete Lara mit großem Interesse die Skifahrer unter ihr. Und als man ihr vorschlug, vielleicht im nächsten Jahr in die Skischule zu gehen, war sie recht angetan. Man werde mal in der Skischule vorbeischauen, dann könne sie ja selbst sehen, wie das funktioniert. Praktisch wie eine Gruppe im Kindergarten, eben im Schnee. Ja, das sah doch ganz gut aus.

Und weiter ging es auf die große Hängebrücke, wohl hundert Meter über dem Höhenbach. Von Ängstlichkeit keine Spur. Mutter und Oma waren ängstlicher, die Sorge um das Kind, um Himmelswillen das Kind. Dem Kind fehlte nichts. Im Gegenteil, als Papa und Opa sich daran machten, Schneebrocken in die Tiefe zu befördern, lag Lara schon auf dem Bauch und verfolgte durch ein quadratisches Loch des Bodenrostes die in die Tiefe trudelnden Schneebrocken und lockeren Schneebälle, von denen sich im Flug kleine Federn zu lösen schienen, bis schließlich die ganze weiße Herrlichkeit im Bach aufschlug, noch kurz im Strom schwamm, sich auflöste und auf Nimmerwiedersehen verschwand. Papa und Opa kratzen immer wieder Schnee zusammen und sorgen für Nachschub.

Später wanderte man gemächlich den geräumten Weg bis zum Turbinenhaus des kleinen Wasserkraftwerks. An der Holzbohlenbrücke ließen sie große Schneebrocken ins Wasser. Opa musste die Brocken lostreten und herbeischaffen. Dann stießen sie beide ein mächtiges Stück ins Wasser. Der Brocken trudelte, verfärbte sich bläulich, saugte sich mit Wasser voll, wurde von der Strömung mitgenommen und löste sich auf. Noch mal, noch mal.

Und schließlich weiter unten die Gelegenheit, den kleinen Schneerutscher ausgiebig zu nutzen. Schnell auf der verschneiten Wiese neben dem Bauernhaus eine kleine geschwungene Bahn gebaut und los ging die wilde Fahrt. Der eine oder andere Sturz war kein Problem. Schnell aufgerappelt und wieder den Rutscher unter den Popo geklemmt. Weiter. Anschließend eine ordentliche Schneeballschlacht. Den Alten mit Anlauf eine Schneebombe verpasst und sich selbst prustend vor Lachen den einen oder anderen gezielten Schneeball eingefangen.

***

Am letzten Tag fuhren sie ins Skigebiet Warth-Jägeralpe – „Damit ihr mal seht, wie so ein richtiger Skizirkus aussieht", meinte Opa. „Wir können den Schlitten mitnehmen und eine wunderschöne Schneewanderung machen – es sind ja breite Wege für Spaziergänger gebahnt – und hinauf auf die kleine Kuppe, da steht ein großes Kreuz, das Weltfriedenskreuz, oberhalb vom Hochtannbergpass, da sind wir auf gut 1700 Meter und für Lara wäre es der erste Gipfel."

Der Tag war leicht föhnig, ein Wetterumschwung kündigte sich an. Von Schröcken her blies ein starker Westwind über den Pass. Alle hatten sich dick eingepackt, Mütze, Schal, Kapuze, Handschuhe. Mama äußerte Bedenken, ob man mit dem Kind die Schneewanderung machen solle. Alles sah so unwirtlich aus, eine riesige Schneewüste. Ach was, alles halb so schlimm, erst einmal bis zur Jakobs-Kapelle und dann könne man schauen, ob man den zweiten Anstieg bis zum großen Kreuz noch schaffe. Gegenüber beförderte der große Sessellift laufend Skifahrer und Snowboarder auf die Höhe. Im unteren Teil der Piste konnte man zahlreiche Skifahrer sehen. „Wenn du groß bist, dann kannst du da auch fahren. Aber vorher gehst du in die Skischule." In ihrem dicken Skianzug sah Lara aus wie eine kleine Raumfahrerin unterwegs an der Oberfläche des weißen Planeten. Sie schafften es bis zum Kreuz. Allerdings ließ sich Lara das letzte Stück Weg abwechselnd von Papa und Opa tragen. Aber egal, man war oben angekommen. Der Blick ging hinüber zum Skigebiet unterhalb des Saloberkopfs.

Hinunter ging es mit Papa auf dem Schlitten. Unten, etwas oberhalb des Berghotels trafen sie auf ein Schlittenhundegespann. Lara betrachtete intensiv diese Tiere, denen man die Freude am Schnee und am Schlittenziehen ansah. Es juckte ihnen nur so in den Pfoten, loszusausen. Und das taten sie dann auch nach ein paar Minuten. Was für eine beeindruckende Szene.

Die Tage vergingen wahrlich wie im Flug. Die Erwachsenen ließen sich von der Intensität des Kindes verzaubern. Unglaublich diese Lebensfreude, dieser enorme Enthusiasmus, den diese magische Welt im Kind entfesselt hatte. Am Abend spielten sie noch eine Runde Mensch-ärgere-dich-nicht. Schließlich kam dann doch die Müdigkeit. Nach so einem Tagespensum wurde es aber auch Zeit. So, jetzt war der Akku wirklich leer. Mama schnappte sich Lara und die ließ sich schließlich widerstandslos ins Bett bringen, wo sie sofort einschlief. Auch die Erwachsenen saßen nicht mehr lange zusammen. Der Tag war wieder randvoll gewesen mit Erleben, Daseinsfreude und der Freude, dem Kind zuzusehen, das sich unermüdlich mit der weißen Welt beschäftigt hatte.

***

„Heute hat mich Laras Betreuerin angesprochen und sich erkundigt", sagte Schwiegertochter zu den Eltern. Lara erzähle unglaubliche Geschichten von Schnee und Bergen, Schlitten, Schlittenhunden, Eiszapfen und Sessellift, die habe gar nicht mehr aufgehört. Was denn da los gewesen sei. – Na ja, habe ich ihr gesagt, das stimme schon, es sei eine sagenhaft schöne Woche gewesen.

Erstaunlich war diese Redseligkeit. Sie war ja immer schon eine Plaudertasche. Aber diese Mitteilsamkeit war schon ungewöhnlich. So viele Eindrücke waren aus ihr hervorgesprudelt. Ja, sagte Opa, in diesen Tagen sei eine kleine Schneeprinzessin geboren worden. Und er meinte damit, dass seiner Enkelin eine wertvolle Intensität des Wahrnehmens und Erlebens zuteilgeworden war. Das Tal habe ihr den Zugang zu ihrer eigenen Daseins-Intensität geschenkt und sie sei damit sehr glücklich gewesen. Und sie habe das Bedürfnis empfunden und ihre „kleinen Worte" gefunden, ihr intensives Erleben mitzuteilen. So etwas könne man gar nicht „programmieren". Eigentlich war es ein glücklicher Zufall. Ja, es hatte sich als „Glücksgriff" erwiesen, ihr die Begegnung mit „Opas Bergen" zu ermöglichen. Auch die Dramaturgie hatte einfach gepasst: die Vorfreude unterwegs, die Enttäuschung in Kempten, die Stadt so grau und ohne Winterkleid. Und dann die Fahrt durch das starke Schneetreiben, das wie eine weiße Wand in der Dunkelheit durchfahren wurde – und in einer magischen Winterwelt gelandet wie auf einem anderen Stern.

Was mochte die Imagination des Kindes in diesen weißen Teppich geschrieben haben? Den Erwachsenen wurde klar, dass das Kind diese Winterlandschaft „wie aus einem Guss" erlebt hatte. Der Schnee war das allgegenwärtige stoffliche „Bindemittel". Er war das Wasser in einer anderen Gestalt. Und immer wieder hatte Lara Schneebrocken ins Wasser gelassen und genau verfolgt, wie der Schnee sich auflöste und zum Wasser zurückkehrte. Und noch ein Bild hatte sich eingeprägt: Lara schien förmlich im Schnee zu „schwimmen" – und dies vorzugsweise bergauf.

„Und was machen wir jetzt mit all unseren Beobachtungen und Anmerkungen?", fragte Schwiegertochter und goss sich Kaffee nach. – „Ach, nichts Besonderes", entgegnete Schwiegervater, „ich glaube, die Kleine hat uns eine Kostprobe intensiver Daseinsfreude gegeben – und dafür sollten wir ihr und dem Tal dankbar sein. Sicher erleben wir oft, wie ein Kind sich freut. Aber was uns das Kind in der Woche gezeigt hat, war schon beeindruckend."

Salige Frauen

„Opa, was ist ein ‚saliges Fräulein‘?" – „Nanu, woher kennst du ein ‚saliges Fräulein‘?" – „Der Andi hat mich so genannt."

Andi war der jüngere Bruder des Gastwirts und bediente in der Gaststube. Er war bekannt für seinen hintergründigen Humor. Wenn man allerdings den Hintergrund nicht kannte, konnte man nicht mitlachen oder nur aus Höflichkeit. Dann lachte Andi für sich selbst und der andere wusste nicht, ob Andi über seine eigene humorvolle Äußerung lachte oder sich über seinen Gegenüber lustig machte.

„Weißt du noch, was der Andi genau gesagt hat?" – „Du bist mir so ein saliges Fräulein oder so ähnlich." – „Aha," meinte Opa, „ihm ist es so vorgekommen." – „Ja, und was ist jetzt ein saliges Fräulein?" – „Lass mich nachdenken", meinte Opa. Es erschien ihm gar nicht so einfach, seiner fünfjährigen Enkelin ein „saliges Fräulein" zu beschreiben und zugleich die Frage zu beantworten, warum der Andi das Kind humorvoll mit einem „saligen Fräulein" verglichen hatte. Und überhaupt schien seine Enkelin gewisse Vergleiche auf sich zu ziehen. Kürzlich hatte die Bäuerin Hanna sie „Heidi" genannt und herzlich dazu gelacht. Und alle Frauen, die vor der Kirche zusammenstanden, hatten freundlich zugestimmt. Ja, wirklich, in diesem Kind steckte so viel Spontaneität.

„Also", begann Opa, „salige Fräulein sind die Feen oder Elfen der Alpen. Sie sind die guten Töchter der Natur. Sie beschützen die Natur und ihre Geschöpfe und helfen auch den naturverbundenen Menschen. Manchmal, weil sie sich für eine Freundlichkeit bedanken oder einfach nur, weil ihnen ein Mensch gefällt." – „Kennst du eine Geschichte?" – „Ja, hier im Lechtal sollen einmal mehrere salige Fräulein gewohnt haben, oben in den Felsen zwischen Höfen und Weißenbach." – „Gibt es die nicht mehr?" – „Ja, weißt du, salige Fräulein können keinen Lärm vertragen, weil sie die Musik lieben, und sie sind sehr scheu. Und mit der Lechtalstraße und ihrem Motorrad- und Autolärm, da sind sie fort-gezogen. Und niemand weiß, wohin." – „Wie der Riese Kakus bei uns?" – „Ja, den hatte auch der Lärm der Menschen vergrault." – „Und was haben die saligen Fräulein damals gemacht?" – „Es heißt, dass eine Bäuerin wohl einem saligen Fräulein geholfen hatte, ohne zu wissen, dass es eins war." – „Sahen die wie Menschen aus?" – „Ja, die konnten die Gestalt von lieben Menschen annehmen. Und man hat gar nicht gewusst, dass es eine Salige war. Ja, und dann hat das Fräulein der Bäuerin eine kleine Schachtel geschenkt, aus der ein Zwirnsfaden heraushing. Und an dem sollte die Bäuerin nur einfach ziehen und der Faden würde in ihrem ganzen Leben nicht aufhören. Aber sie dürfe das Kästchen nie aufmachen." – „Ja, das ist toll. Dann brauchte sie kein Spinnrad mehr?" – „Nein, wenn sie ein Stück Stoff weben oder etwas stricken wollte, zog sie einfach so viel Faden, wie sie benötigte, und schnitt ihn einfach ab. Und beim nächsten Mal hat sie wieder am Faden gezogen." – „Dann hatten sie und ihre Familie bestimmt immer gute Kleidung und Decken." – „Natürlich. Und alles ging viele Jahre gut. Aber eines Tages hatte die Bäuerin die Warnung des saligen Fräuleins vergessen. Ihre Neugier war stärker und sie machte das Kästchen auf." – „Oje, dann war es bestimmt vorbei mit dem Zauberfaden", ahnte die Enkelin Böses. „Ja, so war es. Schluss mit dem Faden. Sie hatte ihr Glück verscherzt." – „Eigentlich schade. Aber warum hat sie auch nicht auf die Warnung des Fräuleins gehört?" – „Ja, so sind wir Menschen: leichtfertig, leichtsinnig, gedankenlos, vergesslich. Und wenn wir solche Fehler machen, haben wir den Schaden – wie diese Bäuerin." – „Und warum hat mich jetzt der Andi saliges Fräulein genannt?" – „Ach, er wollte dir vielleicht sagen, dass du ihm dein natürliches und liebes Wesen geschenkt hast. Einfach so und mit Humor."

Nun war die Sache mit dem saligen Fräulein erst einmal hinreichend geklärt und die Enkelin fühlte sich ein klein wenig geschmeichelt, denn nach alldem, was Opa erzählt hatte, missfielen ihr die liebenswürdigen saligen Fräulein keineswegs.

***

„Wir könnten mal mit Claudia die Burgruine Ehrenberg besuchen", schlug Opa der Oma vor. Oma befand, das sei ein guter Vorschlag und so boten die beiden ihrer Enkelin einen Abenteuerbesuch der Burgruine Ehrenberg an, mit allerlei Highlights für Kinder, Ritter, Burgfräulein und Prinzessinnen. „So wie am Rhein?", erkundigte sich ihre Enkeltochter. Ja, aber es gebe da noch einen Zauberpfad mit Stationen und Tafeln, auf denen man Legenden und Sagen rund um die Burg erfahren könne. Auch salige Frauen gebe es.

Die Sache war schmackhaft gemacht und so begaben sie sich am folgenden Tag zur Burgruine Ehrenberg. Parkplätze gab es genug, denn es war ein Mittwoch. Man schaute sich ein wenig in der Ehrenberger Klause um, warf einen Blick ins Museum. Das konnte warten, ebenso wie der große Spielplatz. Enkelchen stand der Sinn nach Burg und Zauber. So begab man sich

Richtung Burgruine und nahm den Zauberpfad in Angriff, wo sich tatsächlich gewisse magische Eindrücke jenen saligen Fräulein hinzufügen sollten, die Andi aus der großen Kiste Tiroler Sagenhaftigkeiten hervorgekramt hatte.

Als Erster stellte sich ihnen jedoch auf einer großen Tafel der „Schnurfler" in den Weg. Dieser ziemlich hässliche Kerl wurde auch gleich als frecher Kobold identifiziert, der sein Unwesen sehr zum Schaden der Menschen trieb, indem er sie mit Steinen und Felsbrocken bewarf – offenbar aus Gemeinheit. „Vielleicht wollte niemand mit ihm spielen", versuchte Enkelin eine Erklärung, „vielleicht hatten ihn seine Eltern nicht lieb gehabt und er ist böse geworden." – Oma und Opa schauten sich an und schmunzelten. „Ja, so wie Harry in ‚Lauras Stern'. Der hat doch auch immer die anderen Kinder geärgert, weil er nicht mit ihnen normal spielen konnte", fügte Opa dem Gedanken des Kindes eine passende Ergänzung hinzu. „Ja, das stimmt", antwortete Claudia. „Harrys Eltern haben oft gestritten und sich nicht mit ihm beschäftigt." Und was das überhaupt für ein Name sei – Schnurfler. Opa musste passen, Oma fiel auch nichts ein. „Muss ich mal im Internet recherchieren. Also mein Gefühl sagt mir, das hört sich nicht so gut an. Warte, jetzt fällt mir etwas ein. Gerade habe ich das Lied vom Bi-Ba-Butzemann im Kopf. Ja, der Schnurfler muss ein Butz sein." – „Ach nein, den Butzemann konnte ich noch nie leiden. Der hat immer sein Zimmer auf den Kopf gestellt – einfach nur so", entgegnete das Kind.

Immerhin bot das mutwillige Verhalten dieses Kerlchens die Gelegenheit, Enkelchen einzuschärfen, keine Steine hinunterzuwerfen oder Felsbrocken vom Weg abzulassen. Solche Spielchen seien eine ganz gefährliche Sache und können tödlich

ausgehen. Man warf einen Blick auf die Geröll- und Schnee-
fangzäune oberhalb des Wegs. Steinschlag sei an manchen
Stellen eine wirkliche Gefahr.

Man ging weiter. Erfreutes Erstaunen. Schon wieder „Salige". Dieses Mal keine Fräulein, sondern Frauen. Und wieder
gab es einen Faden, und was für einen, ein richtiges Seil, aus
den Haaren der drei saligen Frauen gesponnen. – „Wie Rapunzel", bemerkte das Kind schon ganz fachkundig und mäßig
beeindruckt. „Ja, aber jetzt kommt es noch", sagte Opa, „die
haben dieses Haarseil zwischen den Burganlagen gespannt."
– Ok, da konnte Rapunzel nicht mithalten. „Und", fuhr Opa
fort, „an dem Seil haben sie große Tücher aufgehängt und auf
die Tücher hatten sie Sprüche geschrieben, die großes Glück
brachten – allerdings nur denen, die sie lesen und verstehen
konnten." – „Zaubersprüche vielleicht, wie bei Bibi Blocks-
berg?" fragte Claudia. Oma und Opa waren sehr beeindruckt
vom magischen Spürsinn ihrer Enkelin. Opa fragte, ob sie
denn schon einen Unterschied zwischen Hexen und Zaube-
rinnen wisse. – Kein Problem, Hexen könnten nicht nur zau-
bern, sondern sogar fliegen. Und warum Bibi ihren Besen
„Kartoffelbrei" nenne? – Weil Bibi gern Kartoffelbrei esse, was
für eine Frage. So, nun war Opa auch schon wieder klüger als
zuvor. Von allein wäre er nicht draufgekommen. Ob denn jemand schon diese Tücher gesehen und einen Zauberspruch
verstanden hätte? – Tja, da mussten die Erwachsenen passen.
Gesehen sicher schon, aber verstanden bisher wohl nicht. –
„Schade", meinte das Kind, „das waren bestimmt gute Zaubersprüche." – „Ja, klar." – Somit war bestätigt, dass die Saligen in
jedem Fall den Menschen nur Gutes wollten.

Sie bewegten sich Richtung Hornwerk und stießen vor dem Gemäuer auf eine Tafel mit einem merkwürdigen und ziemlich wild dreinblickenden Riesenwurm, der „Wackerwurm" hieß. Wackersteine gab es schon beim Wolf und den sieben Geißlein. Aber ein Wurm aus Steinen? Damit konnte Enkelchen zunächst einmal nichts Rechtes anfangen. Opa vertiefte sich im Text der Tafel. Aha, eine Legende. In wirklich kritischen Fällen muss auch schon mal ein Nothelfer ran, in diesem Fall drohender Gefahr der heilige Georg, Drachentöter und Schutzpatron der Ritter. Ein Mann fürs Grobe. Was war passiert? Die Burg war nach einem harten Kampf beschädigt worden und noch nicht vollständig repariert. Schon waren neue Feinde im Anmarsch. Die Burgherrin war in höchster Not. Claudia fand das überhaupt nicht gut, die Prinzessin genau dann anzugreifen, als ihre Burg gerade kaputt war. Dem konnte Oma nur beipflichten. Eine richtige Gemeinheit sei das. Aber die Burgherrin war sehr fromm und flehte den heiligen Georg um Hilfe an. Und tatsächlich wurden all die Wackersteine, die noch ganz unten im Tal als Baumaterial lagen, sozusagen lebendig. Sie verwandelten sich in einen „Wackerwurm", der langsam den Berg hinaufkroch und vor dem Burgtor Halt machte. Dort zerfiel er wieder zu einem Berg von Steinen. Jetzt konnten die Burgmauern rechtzeitig vor dem Angriff fertiggestellt werden und die Feinde wurde abgewehrt. Im Lichte dieser Erklärung sah der „Wackerwurm" gar nicht mehr so angsteinflößend aus. Opa meinte, der heilige Georg habe eben kein großartiges Wunder gewirkt, so einfach zack! Und schon ist die Burg wieder heil, sondern er habe den Menschen wundersam geholfen, aus eigener Kraft aus ihrer Not herauszufinden, sozusagen Hilfe zur Selbsthilfe geleistet. Hm, damit konnte das Mädchen noch nichts Rechtes anfangen, einfach mal sacken lassen.

Über den Schlossanger führte der Pfad hinauf zur Ruine, deren Erkundung ein kleines Abenteuer war. Eifrig kraxelte das Kind in alle erreichbaren Ecken der einstigen Burg. Graf Meinhard oder der bayerische Kurfürst hin oder her und auch nicht die Tiroler Bauern gegenüber auf dem Schlosskopf noch Maria Theresia mit ihrer tollen Festung dortselbst – sie spielten keine Rolle im kindlichen Gemüt. Die Ruine war zwar abenteuerlich, machte jedoch keinen wohnlichen Eindruck. Wo sollten sich da noch Prinzessinnen aufhalten wie auf der Marksburg oder auf Burg Eltz mit ihren bunten Innenräumen und dem tollen Bettkasten im Schlafgemach? „Wenn ich groß bin, bekomme ich auch so einen Bettkasten", wurde damals sehr entschieden für die Zukunft vorgemerkt.

Nachdem sie die Ruine ausgiebig besichtigt hatten, machten sie einen Abstecher hinüber zur großen Hängebrücke über die B 179. Sie war nun mal ein Highlight und wirklich hoch. Aber man hatte ja schon in Holzgau mehrfach die Hängebrücke überquert. Und der Blick in die Tiefe auf den Höhenbach hatte man schon als Kleinkind genossen und jede Menge Schnee in die Tiefe befördert, während Papa und Opa Nachschub von den Rändern kratzten und bereitstellten. Hier aber fuhren nur in endlosen Karawanen die Autos der Touristen, Reisebusse und schwere Lkws. Opa grummelte etwas von „Blechlawinen" und Nadelöhr Fernpass. Andererseits waren sie ja selbst mit dem Auto unterwegs. Irgendwie unvermeidlich. Enkelchen absolvierte die Brücke schwindelfrei und ließ sich auch von Schwankungen nicht beirren, was die Großeltern zufrieden registrierten. Man konnte kleinere Touren mit Tiefblicken in Aussicht nehmen.

Man kehrte zurück bis an das kleine Wegekreuz und ging geradeaus weiter in Richtung Schlosskopf. Die Festung würde man nicht mehr erreichen, aber bis zum „Goldloch" sollten die Beine noch tragen. Zunächst gelangten sie an den „Moosbach". Ja, tatsächlich, diese Moosflächen zwischen den Bäumen bewegen sich in einer Vollmondnacht unmerklich zu Tal. Wer sich dann in das Moos legt, bekommt gaaanz tolle Haare. Und wer eine Glatze habe, bekomme wieder einen Haarwuchs. Enkelchen betrachtete den üppigen Moosteppich. „Tja, wenn du dich jetzt reinlegst, wirkt der Zauber leider nicht", meinte Oma. – „Das wäre auch was für dich, Opi." – „Bist du wohl still. Mir reichen meine Haare noch. Muss ich nicht so oft zum Friseur und spare Geld." Ein sehr schönes Beispiel nützlicher Naturmagie. Davon können sich die Werbefachleute unserer Haarwuchsmittelindustrie noch ein paar Inspirationen abschneiden. Opa empfahl Copy&Paste. Den Damen und Herren ein Stück Moosbach auf den Schädel gezaubert. Grün sei ja derzeit die Kultfarbe unserer Gesellschaft. Omi gab zu bedenken, man dürfe kein Moos ausreißen. Wer das mache, bekomme für seinen Frevel eine Hautkrankheit. Ja, das leuchtete ein. Wenn jeder sich ein Stück von dem Moosbach mitnehmen würde, wäre er am Ende ganz weg und niemand hätte mehr etwas von seiner magischen Wirkung.

Der „Blättertunnel" fand Gefallen, weil der Baum mit seinen Zweigen und Blättern für die verirrten Kinder eine schützende Hülle bildete, sodass diese die kalte Nacht ohne Schaden verbringen konnten.

Der „Klausenhund" hingegen war dem Kind zu gespenstisch und unheimlich. Er machte einfach nur Angst. Immerhin konnten Oma und Opa glaubhaft versichern, dass dieser schwarze Hund mit seinen Feueraugen niemandem wirklich schaden könne. Aber begegnen möchte man ihm besser nicht. Er sei wohl wirklich Furcht einflößend.

So erreichten sie schließlich das „Goldloch". Und dieses kleine Loch im Kalksteinfels direkt neben dem Pfad entfaltete eine schier magische Anziehungskraft und zugleich Unschlüssigkeit. „Überleg dir das", vertiefte Opa den Zwiespalt, der Enkelchen befiel, als man die Information zur Kenntnis nahm. Gold gibt es nur für jemanden, der ein reines Herz hat. Der darf seine Hand ins Loch stecken. Und die anderen? Die werden vielleicht von einer Viper gebissen oder von einem Skorpion gestochen und für ihre Lüge bestraft. Weiß ich, ob ich ein reines Herz habe? Oder bilde ich mir das ein, um an das Gold zu kommen? Kann man überhaupt ein reines Herz haben, wenn man nach dem Gold greift oder wider-spricht sich das nicht? Opa gab noch einige Bedenken zum Besten. Schließlich fragte Enkelchen: „Und du, Opi, steckst du deine Hand in dieses Loch?" – „Ich? Nein, ich traue mich nicht. Woher soll ich wissen, ob ich ein reines Herz habe?" – „Und du, Omi?" – „Ich auch nicht", kam die entschiedene Antwort. – Das gab wohl den letzten Ausschlag. Auch Enkelchen wollte für sich eine derartige Hand nicht ins Feuer legen, bzw. in das finstere Loch stecken. Und so verzichtete man auf die seltsame Mutprobe und sah noch eine ganze Weile nachdenklich dieses schwarze Loch im Felsen an, gleich neben dem Weg, zum Greifen nah und doch so fern.

Sie beschlossen umzukehren, der Weg bis auf den Schlosskopf war zu weit. Die Festung dort oben könnten sie vielleicht im nächsten Jahr besichtigen. Außerdem gebe es von dort oben einen schönen Ausblick über den Reuttener Talkessel. Auf dem Rückweg hielt man sich nicht mehr an den Stationen auf. Offenbar war alles Magische zur Kenntnis genommen und würde seinen Weg im kleinen Bewusstsein der Enkelin wie im großen Bewusstsein der Großeltern nehmen.

Enkelchen bevorzugte eindeutig die helfende, wohltuende, nützliche und schützende „Naturmagie". Aber das Kind schien zugleich intuitiv die Verbindung zu verstehen zwischen der wundersamen Hilfe oder Belohnung und einem angemessenen Verhalten des Menschen. Das Gute fiel nicht einfach vom Himmel, sondern der Mensch musste es „verdienen" oder besser noch, es wurde ihm dank seiner positiven Einstellung „zuteil".

Und die Erwachsenen? So ganz war diese Magie ja nicht aus der Welt. In jedem Kind hatte sie ihren festen Platz. Und es war immer wieder verwunderlich, mit welchem Ernst das Kind mit den magischen Elementen hantierte und mit ihnen problemlos zurechtkam. Eigentlich lebt das magische Denken auch noch im Erwachsenen, dann nämlich, wenn ihm in einem Augenblick der Betrachtung die Welt als ungeheuer wundersam erscheint. Freilich sind es nur träumerische Momente und fast verlegen kehrt man in die Realität zurück, als hätte man sich bei einem Ausbruch ertappt. Aber wer wird denn gleich an das böse Wort vom Gefängnis denken?

Ein Berggottesdienst

An jenem Sonntagmorgen im Juli 1987 steuerten in aller Frühe zahlreiche Autos ein Bergdorf an, das versteckt in einem Seitental des Lechtals gelegen war. Da der einzige Parkplatz schon von jenen Gästen in Beschlag genommen war, die am Vorabend der großen Jubiläums-feier zur Hütte aufgestiegen waren und dort übernachtet hatten, wuchs am Ortseingang eine lange Schlange parkender Autos entlang der Straße, die das Dorf mit der Außenwelt verband. Autotüren und Heck-klappen öffneten sich, Rucksäcke wurden ausgeladen, Berg-schuhe geschnürt und Anoraks angezogen, Wanderstöcke be-reitgestellt. Begrüßungsrufe und Unterhaltungsfetzen drangen bis zum Dorf, dessen Bewohner ebenfalls zum Aufstieg rüste-ten. Allen voran die Musikkapelle, deren Mitglieder aus dem Dorf und dem einige Kilometer talauswärts gelegenen Nach-bardorf stammten. Die Leitung der Kapelle hatte der Lehrer inne, der im Nachbardorf wohnte, wo sich auch die gemeinsa-me Grundschule der beiden winzigen zur Gemeinde verbün-deten Orte befand.

Gruppen von Bergsteigern setzten sich in Bewegung, junge und ältere Menschen, ganze Familien, sogar Kleinkinder wur-den in der Rückentrage mitgeschleppt. Man sah kleine Grup-pen in lockerer Folge die Brücke am oberen Rand des Dor-fes überqueren und auf der anderen Bachseite parallel zu den Häusern des Dorfes ansteigen, bis der Weg nach links abbog und der Bannwald die Wanderer verbarg.

Ja, die Alpenvereinssektion feierte den 90. Geburtstag ihrer Hütte und dieses Ereignis war mehr als eine einfache Vereinsfeier. Es war ein gesellschaftliches Ereignis, denn Hütte und Tal bildeten seit Anbeginn eine innige Gemeinschaft vielfältig verflochtener Interessen. Die Sektion verpachtete die Hütte traditionell an einen Hüttenwirt, der aus der Region stammte, gern auch aus dem Oberinntal. Bei Bauvorhaben und Reparaturen wurden Aufträge an einheimische Handwerker vergeben. Lebensmittel und Getränke bezog der Wirt vom heimischen Großhandel. Bei 3000 Nächtigungen pro Saison zuzüglich zahlreiche Tagesgäste kamen erkleckliche Umsätze zusammen. Die Hütte war ein lokaler Wirtschaftsfaktor und der kleine Ort war, wie es in der Bergsteigersprache heißt, der Talort der Hütte. Dies bedeutete, dass der gewöhnliche Aufstieg zur Hütte in diesem Dorf begann. Aber auch die Versorgung der Hütte nahm ihren Aus-gang im Dorf, von dem der mit geländegängigen Fahrzeugen befahrbare Wirtschaftsweg bis zur Talstation der Materialseilbahn führte. Dort wurden Lebensmittel und Getränke umgeladen und hinauf zur Hütte geschickt oder Leergut wie Getränkekästen wieder zurücktransportiert. Der Wirtschaftsweg war für Besucher begehbar. Das Befahren jedoch war verboten.

Nur die wirtschaftlich auf diesen Weg Angewiesenen, also Hüttenwirt, Jäger, Jagdpächter, Hirten und Dorfbewohner, durften ihn befahren. Da sich in diesem entlegenen Hochgebirgstal die Gendarmerie, wie die Polizei damals noch hieß, kaum blicken ließ, hatte der Jäger die Polizeigewalt inne und war befugt, Zuwiderhandlungen zu protokollieren und an die Gendarmerie zu melden. Im Klartext: der Jäger konnte „Strafzettel" schreiben und in diesem Punkt war mit ihm nicht zu spaßen. Touristen hielt er ohnehin mehr für einen Befall denn für Besucher seines Reviers, schädlich für Flora und Fauna. Nur zünftige Bergsteiger wurden von ihm halbwegs geduldet.

So strebte also in den frühen Vormittagsstunden jenes Sonntags, der ein hochsommerlicher Sonnentag werden sollte, eine bunte und lang gezogene Prozession kleiner Gruppen und Grüppchen in Richtung Hütte. Bisweilen wurden die Wanderer von Fahrzeugen überholt, die weitere Getränke, die Musikinstrumente der Kapelle, die alte Anna, die nicht mehr so gut zu Fuß war, das Messgewand des Pfarrers, die Gewänder der Ministranten, die sakralen Gegenstände und die in ihrer Tracht gekleideten Musiker zur Talstation der Materialseilbahn beförderten.

Dreihundert Meter weiter oben herrschte auf der Hütte ebenfalls ein recht emsiges Treiben, das sich im Laufe der nächsten Stunden mit jedem Neuankömmling verstärken sollte. Die Terrasse war natürlich für die erwartete Menschenmenge viel zu klein und so hatte man schon Wochen zuvor Klapptische und Klappbänke sowie Sonnenschirme aus dem Hauptort am Eingang des Seitentals auf die Hütte geschafft und diese auf dem Vorplatz, ja sogar im Gelände unmittelbar neben der Hütte aufgestellt.

Selbstverständlich hatte man das Mobiliar zur Verfügung gestellt, umso mehr, als der eigene Bürgermeister auf der Rednerliste der Vereinsfunktionäre und örtlichen Honoratioren stand, zusammen mit dem Vorsitzenden der Sektion, dem Bürgermeister der Talgemeinde sowie einem höheren Vertreter des Alpenvereins, der extra aus München angereist war. Bevor jedoch das weltliche Festprogramm – Reden – Musik – Reden – Musik – Essen und Trinken nicht vergessen – begann, war eine Feldmesse vorgesehen, ein Berggottesdienst, den man auf dem Gelände vor der Hütte stehend und die Knie beugend – wie es sich in Bergsteigerkreisen gehörte – zu absolvieren gedachte.

Anna war mittlerweile mit ihren gut siebzig Jahren auch schon von der Talstation den Steig zur Hütte hinaufgelaufen, alle Achtung, dreihundert Höhenmeter, mit einem steilen Schlussanstieg von vielleicht hundert Höhenmetern über felsige Stufen und Schotter.

Wer keine Lust hatte, seinen Rucksack auf die Hütte zu schleppen, konnte diesen gegen einen Obolus mit der Seilbahn transportieren lassen. Und die Musiker setzten sich, um ihre Tracht zu schonen, in die primitive Holzkiste der Seilbahn, obwohl dies strengstens verboten war. Nun, die Gendarmerie war nicht geladen und wurde an jenem Sonntag auch nicht gesichtet. Von den Gästen hatte niemand etwas gesehen.

Gegen zehn Uhr sammelte sich eine erwartungsfroh gestimmte Menschenmenge im Halbkreis um den Feldaltar, den der Messner unterdessen hergerichtet hatte. Andere Festgäste waren hingegen an ihren Tischen sitzen geblieben, hielten ihren Frühschoppen und unterhielten sich unter Schatten spendenden Sonnenschirmen.

Sogar zwei Kerzen hatte der Messner entzündet, ihre Flammen ragten regungslos am Docht empor, denn es war windstill. Die beiden Ministranten, ein Junge und ein Mädchen, verteilten fotokopierte Liedertexte. Zum Sanctus das „Heilig, heilig" aus der Deutschen Messe von Schubert und als Schlusslied „Großer Gott, wir loben dich" (Strophe eins bis drei). Drei

Bläser der Kapelle sorgten für die diskrete instrumentale Unterstützung der Gesänge. Und die Menschen ließen in Gottes großer Natur ihre eigene Stimme ertönen und sich von Seiner Herrlichkeit ergreifen. Und in diesem Sinne ging der Geistliche in seiner Predigt nicht nur auf die Hütte ein, deren Betreibern und Besuchern er eine gedeihliche Zukunft und Gottes Segen wünschte, sondern auf alle Bergsteiger. Sein Vortrag gipfelte in dem Satz, dass Bergsteiger Gottessucher seien, egal welcher Konfession oder Glaubensrichtung sie angehörten, ja selbst dann, wenn sie nie etwas von Gott gehört hätten oder vielleicht aus weltanschaulichen Gründen gar nichts von ihm wissen wollten. Ihre Nähe zur Natur lasse sie zu Geschöpfen werden und ihren Schöpfer erkennen.

Der Schlusssegen war kaum erteilt und das „Großer Gott, wir loben dich" kraftvoll gesungen und verklungen, als der Pfarrer auch schon sein Messgewand abwarf und seinen Rucksack schulterte. Er gehe jetzt auf die Dremel und sei zum Kaffee wieder zurück. Es war sein Lieblingsberg und der formschönste Gipfel im gigantischen Halbrund. Er hatte ihn schon oft erklettert, zumeist allein. Die Führe war bergsteigerisch nicht übermäßig schwierig (Schwierigkeitsgrad II, im Fachbegriff gesprochen), aber verwickelt. Doch seitdem die Jugendgruppe der Sektion die Strecke im Vorjahr mit Farbtupfern markiert hatte, war die Gefahr gebannt, die Orientierung zu verlieren und sich in den steilen Klüften der Südflanke zu versteigen. Knapp achthundert Höhenmeter lagen vor ihm, mit seinen sechzig Jahren war er hervorragend zu Fuß, in vier Stunden würde er wieder zurück auf der Hütte sein. Sein Weg führte ihn über die mit mächtigen Felsbrocken und Latschengruppen garnierten Weiden und Matten des Hochtalkessels empor, vorbei an Schafen und Rindern. Langsam verklang in seinem Rücken die Musik der Kapelle, die ihr Sonntagskonzert begonnen hatte. Später ging es steiler durch das riesige Geröllfeld eines Kares mitsamt einem zu querenden Schneefeld in die Scharte, den Ausgangspunkt der eigentlichen Kletterei über zweihundert Höhenmeter, die am einbetonierten Gipfelkreuz aus verzinkten Eisenprofilen und -bändern in etwas mehr als 2700 Meter Höhe endete. Der Gipfel war zwar nur der zweithöchste im Halbrund des Parzinns, lag aber zentral. Der etwas höhere Hauptgipfel der Gruppe erhob sich nordnordöstlich, sozusagen im Rücken, zum Voralpenland hin, sodass man nicht den Eindruck hatte, dass er ein wesentliches Segment des Panoramas versperrte.

Als der Pfarrer am Gipfel anlangte, als einziger Besucher in luftiger Einsamkeit, atmete er tief durch, dankte Gott für den gelungenen Aufstieg und machte sich daran, die unendliche Runde der hochalpinen Welt zu schauen, die sich über alle Horizonte erstreckte. Ergriffen von den grandiosen Bildern, die Gottes Schöpfung ihm gewährte, kam ihm wieder jener schöne Gedanken der Gottessuche in den Sinn, den er in den Mittelpunkt seiner Predigt gestellt hatte.

Mit einem Mal erblickte er schräg unter sich auf einem kecken Felszacken wie bunte Tupfer eine Gruppe Bergsteiger, Männer und Frauen, vielleicht sechs an der Zahl, die kaum Platz auf dem Kopf des schlanken Turms fanden und deren Beine am Rand des Abgrunds baumelten. Einer machte sich bereits an den Seilen zu schaffen. Offenbar stand der Abstieg bevor. Man würde sich abseilen. Der Pfarrer betrachtete die

Kletterer, die sich akrobatisch gewissermaßen auf eine Nadel-spitze aus Raum und Zeit begeben hatten. Er dachte erneut an seine Predigt und streckte einer Eingebung folgend seine Arme in die Richtung dieser Menschen aus, als wollte er ihnen seine Hände auflegen. Er schloss die Augen und ließ seine Arme einen großen Bogen beschreiben, führte seine Hände zusammen und erhob sie zum Himmel. Dann führte er die linke Hand zur Brust und zeichnete mit der rechten Hand langsam ein riesiges Kreuzzeichen über die Bergsteiger, von oben nach unten und von links nach rechts, wobei er halblaut die Segensformel sprach: „Es segne euch der dreieinige Gott, der Vater, der Sohn und der Heilige Geist."

Und im Augenblick, als er den Segen ausgesprochen hatte, war ihm, als hätte sich aus der Gruppe wie aus einem Munde laut das Wort „Amen" gelöst. Die Wände im Halbrund wachten auf, aufgeschreckt aus ihrer sonntäglichen Mittagsstille, und beeilten sich, das Echo hin- und herzutragen, bis es die Felsmauern verließ und sich in der Ferne des Tals verlor.

Als der Pfarrer aufblickte, waren die Bergsteiger auf der abgewandten Seite des Felsturms verschwunden und im Rund der Gipfel herrschte Stille. Verwundert dachte er, einen Moment geträumt zu haben. Doch es gelang ihm nicht, sich von diesem Gedanken zu überzeugen. Er wandte sich an Gott und sagte: „Herr, mein Glauben ist zu schwach, um deine Wunder zu verstehen. Ich muss mich mit einer Einbildung begnügen. Aber auch sie hat mir gezeigt, dass die Schöpfung dich lobt und preist." Und wie eine Bestätigung kam ihm im selben Augenblick der Sonnengesang des Franz von Assisi in den Sinn: Laudato si', mi'signore…

Zwei Stunden später traf er wieder auf der Hütte ein, wo ihn die Gesellschaft freundlich begrüßte. Seine Schäfchen nahmen ihn beiseite und fragten ihn: „Wars schia auf dr Dremel?" Der Pfarrer, der seine Schäflein liebte und sich selbst nichts zuschrieb, sondern alles dem lieben Gott, antwortete mit einem Lächeln und zu ihrer großen Verwunderung: „Ja, dia Bearg haba gbeta." Derweil Anna ihn sanft aber bestimmt an der Schulter fasste und sagte: „So, Herr Pfarrer, iatz essas und trinkas erscht amoal."

Gämsen

„Haaaalt!!!" Blitzschnell hatte die Leitgämse ihren vorge-
streckten Kopf zurückgezogen, sich hinter dem Felsen um-
gedreht und sich an das Rudel gewandt. „Da vorn sind Menschen." Kaum hatten die Mütter das Wort „Menschen" gehört,
waren sie auch schon im Begriff, mit ihren Kitzen kehrtzu-
machen. „Nun wartet doch mal, ich schau' noch mal nach." –
„Und wenn es der Jäger ist?" – „Es waren zwei Leute, ein Mann
und eine Frau." – „Ja und? Vor zwei Jahren hatte er auch eine
Frau dabei, eine Herzogin oder Prinzessin, die hat geschossen
wie der Teufel und den Rudi niedergestreckt." – „Der arme
Rudi, er war mitten bei der Arbeit, die Hälfte vom Rudel hatte
er schon durch." – „Jetzt redet doch nicht so dumm daher",
tadelte die Leitgämse, die erneut den Kopf vorstreckte und
die Menschen musterte, die dort den Steig zum Sattel empor-
strebten. – „Es ist ein Pärchen", verkündete sie dann, „ohne
Gewehre, Bergwanderer". – „Ach so, ja dann." – „Und ein kleines Wesen haben sie auch dabei." – „Oh, ein Menschenkitz?",
riefen die drei Kitze des Rudels ganz aufgeregt. – „Ein Men-
schenkind", tadelte eine alte Tante, „Menschen haben Kinder,
keine Kitze wie wir." – „Und blöde Hunde!", rief jemand. – „Ja,
die Stadthunde, die haben keine Ahnung. Aber der Hund vom
Jäger ist alles andere als blöd. – Der bellt nicht wie ein Be-
scheuerter und rennt nicht rum wie ein Bekloppter. Der hat
Benehmen. Wenn er kein Hund wäre ...."

Die Leitgämse wurde ungeduldig: „Was machen wir jetzt?
Lassen wir die Menschen erst vorbeiziehen oder laufen wir
weiter? Zu nahe können sie uns nicht kommen. Keine Gefahr."

– Aus der kleinen Gruppe erschollen Zurufe „Weiter!". Das war offenbar die Meinung der Mehrheit. Und so setzte sich die Gruppe in Bewegung. Eine Gams nach der anderen schob sich zwischen die Felsen hindurch und betrat das Geröllfeld unterhalb der Felsmauer.

„Papa, schau mal!", rief sogleich die kleine Tochter ganz aufgeregt und deutete auf die Tiere. „Psst, das sind Gämsen! Nicht so laut. Du wirst sie erschrecken. Bleib stehen. Rühr dich nicht!" – Die drei Wanderer hielten inne und betrachteten das Geschehen oben auf dem Geröllfeld. Die Gämsen machten sich daran, hintereinander das Geröllfeld zu queren. Zugleich stiegen sie etwas ab und steuerten ein kleines Schneefeld an, das eine geneigte Mulde füllte. Am oberen Rand des Schneefeldes blieben die Tiere stehen.

„So, ihr jungen Leute, wir sind da. Kleine Spielstunde auf dem Schneefeld. Und benehmt euch. Heute habt ihr Zuschauer." Das ließen sich die Gämsenkids nicht zweimal sagen. Schon waren sie in den Schnee gesprungen und verwandelten die geneigte Fläche in eine Rutschbahn, machten allerlei Kapriolen. „Ich weiß nicht, warum die Spaß am Schnee haben", sprach missbilligend eine alte Gämse, der dieses ausgelassene Treiben ohnehin suspekt war. „Hätte nichts dagegen, wenn dieser abscheuliche Dreck am Himmel bliebe und der eiskalte Wind gleich dazu. Wer weiß, ob ich den nächsten Winter noch überstehe." Sie erhielt keine Antwort, denn alle wussten wohl, dass sie ihre Winterwahrheit aussprach. Aber jetzt war doch Sommer. Die Kids brauchen doch ihre Sommerfreude, um stark zu sein im Winter, wenn sie sich bis an die Kanten der Grate vorkämpfen müssen, um ein paar Halme zu ergattern,

weil doch die schönen Mulden, wo so viele Kräuter und Gräser wuchsen, mit Schnee vollgepackt waren. „Gönn ihnen ihre
Freude", sagte eine andere ältere Gämse, „in ihrem Alter warst
du nicht anders. Aber du hast es vergessen oder willst es nicht
mehr wissen, weil es dich traurig macht." – Die alte Gämse
war ein wenig betroffen und etwas Einsicht tat sich auf. Ja, es
mochte wohl stimmen, dass die Kids jetzt mit ihrem kindlichen Toben die Kraft schöpften, die ihr Leben sein würde, bis
an das Ende.

Die Gämsenkinder spielten und spielten, vielleicht wie die
kleinen Geißlein im Märchen: Statt zu rufen „Der Wolf ist tot",
riefen die Gämsenkids ohne es zu wissen: „Der Schnee ist tot"
– dieses grausame Wintermonster, mit dem sie sich vergnüg-
ten, weil es zum winzigen Fleck geschrumpft war und ihnen
keinen Schrecken einflößte.

Die Menschen gegenüber schauten gebannt dieses ungewöhnliche Geschehen. Das Kind war so freudig erregt, dass es
am liebsten aufs Schneefeld gestürmt wäre und mit den Gämsenkids zusammen getobt hätte. Papa sah wohl, was in seiner
Tochter vorging und sagte leise: „Du kannst nicht zu ihnen.
Das sind wilde Tiere. Sie werden davonlaufen, wenn du dich
ihnen näherst." – „Schade", sagte das Mädchen, „sie sind so
lieb". – „Vielleicht gehst du mal zur Bäuerin Adele. Ich glaube, die hat momentan eine kleine Geiß. Die ist doch ganz eng
verwandt mit den Gämsen. Wenn du ihr gefällst, kannst du
sie streicheln. Und sie wird dir vielleicht ganz, ganz leise mit
ihrem feinen Stimmchen etwas ins Ohr meckern."

Das größte von den drei Gämsenkids wollte dem Menschen-
kind etwas vorführen. „Passt mal auf", sagte es zu den ande-

144

ren, „wir werden mal etwas machen, was die Menschenkinder nicht können. Die können nur mit ihren Füßen hüpfen, aber nicht mit allen Vieren wie wir." Und schon begannen die Gämsenkinder mit Luftsprüngen einen verrückten Tanz.

„Mama, Papa, schaut mal, was die kleinen Gämsen machen!", rief das Mädchen total begeistert. Die Erwachsenen mussten schmunzeln. Wie sich doch ihre Tochter so schön in den jungen Tieren wiederfand und Anteil an ihrer überbordenden Lebensfreude nahm. „Ja", sagte die Mama, „das können wir nicht." Und Papa sagte etwas von unglaublicher Sprungkraft, von der bei den Menschen in den Armen nichts mehr geblieben sei.

Die Wanderer konnten natürlich nicht erkennen, wer bei den Gämsen welches Signal gegeben hatte. Jedenfalls hörten die Gämsenkids nach ein paar Minuten mit dem Spielen auf und begaben sich folgsam zu ihren Müttern. Wenig später setzte sich das kleine Rudel in Bewegung und die Tiere bewegten sich langsam hintereinander bergabwärts. Am unteren Ende der Geröllhalde schwenkten sie nach rechts, durchkletterten mit lässigen Sprüngen eine kleine Felsmauer und verschwanden nacheinander hinter den Felsen.

Im kleinen Kopf des Mädchens ging eine große Frage um. Für große Existenzfragen war Vater zuständig und so fragte das Kind ihn: „Papa, haben Gämsen eine Seele?" Der Erwachsene nahm die Frage mit Verwunderung auf und dachte kurz nach, weil ihm klar war, dass eine gute Antwort wichtig sein könnte für das zukünftige Daseins-Verständnis des Kindes. Schließlich fand er eine Antwort, die seinem Kind vielleicht eine Hilfe auf seinem Weg durch die Existenz sein könnte: „Ja, mein Kind, sie haben eine Seele, die Seele der Geschöpfe." Und nach einem kurzen Zögern, als wollte er seine Worte noch einmal abwägen, fügte er die Silben wohl betonend hinzu: „Wie wir." Das Kind nahm die Worte des Vaters an und gab sich damit zufrieden. Vor seinen inneren Augen standen noch einmal die tobenden Gämsenkinder. Nein, lachen und schreien wie wir Kinder können sie nicht, aber sich freuen können sie. Das hatte das Mädchen gesehen und gespürt – und würde es nicht vergessen.

Steinschlag

Er schließt behutsam die Hüttentür hinter sich. Leise knirscht im frühen Halbdunkel der stumpfgraue Kalksteinschotter unter seinen Sohlen. An manchen Stellen sind die Steinchen vom nächtlichen Tau ganz durchnässt, das fahle Licht der Morgendämmerung ist noch zu schwach, um ihnen Glanz zu verleihen. Später werden ein paar Sonnenstrahlen die Oberflächenfeuchte im Handumdrehen verdunsten lassen, doch viel Feuchte bleibt im Innern kapillar gebunden.

Er schreitet voran, der Körper nimmt mehr Anteil am Geschehen, bewegt sich in die Welt um ihn hinein. Der Schotter wird spärlicher und macht gelbem Lehm Platz, stellenweise mit einem leichten Nässefilm bedeckt. Den wird sich die Luft des steigenden Morgens ziemlich vollständig zurückholen. Weiter vorn schlängelt sich der schmale Pfad recht anmutig bergwärts. Links und rechts säumen ihn kleine, von Gräsern, Blumen und Kräutern bewachsene Böschungen. Der Wanderer setzt seine Schritte enger, um nicht zu viel Tau abzustreifen, der seine Hosenbeine und Schuhe fleckig durchnässt. Schließlich betritt er die Almweide, die Welt des Frühtaus, der an diesem Morgen besonders kräftig ausgefallen ist. Die Pflanzen strecken sämtliche Flächen aus, um so viel wie möglich vom Lebenstau auf sich zu ziehen. Die scheinen ein richtiges Morgenbad zu nehmen. Vereinzelte Insekten können es wohl nicht abwarten und versuchen eine Rutschpartie. Langsam, ihr seid etwas zu früh dran. Überschlagt euch nicht, sonst werdet ihr statt die Ersten noch die Letzten sein – steht schon in der Bibel.

Vor ihm und unterhalb des Pfades steht eine Gruppe von Rindviechern beisammen wie Bauarbeiter vor ihrer Baustelle. Bald werden sie sich auf der Weide verteilen und jede Kuh wird ihren Claim bearbeiten. Zum Verdauen treffen sie sich gern wieder und bilden friedlich lagernde Gruppen befreundeter Tiere.

Die Morgensonne schickt erste Strahlen über das Joch. Gerade fällt einer auf einen Grashalm, an dessen Spitze ein Tautropfen vom Licht getroffen aufblitzt wie ein Diamant. Schon ist er zu schwer, die Adhäsion verliert gegen die Schwerkraft, der Tropfen löst sich vom Halm, zerschellt am Rücken einer schläfrigen Hummel, die sich erschrocken schüttelt und ihre Flügel sortiert. Zerstäubt kehrt der einstige Tropfen zurück zur Erde. Schon weg, abgetaucht ins große Transformationsbecken. Der Wanderer hat mal gehört, dass jede Schneeflocke einzigartig ist. Vielleicht auch jeder Tautropfen. Wenn die Natur anfängt, mit ihren universalen Bausteinen Gestalten zu schaffen, bildet sie Einzigartigkeiten, einen Ozean von Unikaten. Die muss sie immer weiter zusammenfügen in unzähligen Arabesken. Am Ende kommt auch Leben dabei heraus und Tod. Kein Ei gleicht dem anderen, wenn nicht augenscheinlich, dann doch auf anderen Ebenen der zusammengefügten Materie. Weiter.

Die von der Sonne beleuchteten Flächen werden von Minute zu Minute größer. Doch zugleich entstehen neue Schatten, die dem Licht seine Grenzen setzen. Der Wanderer steigt mit ruhigem Schritt den lichten Räumen entgegen. Ja, langsam kann er sich als wach bezeichnen. Der Körper schaltet vollständig vom nächtlichen Schlaf- und Traummodus auf den Wach- und

Bewusstmodus um. Der Mensch reibt sich den Schlaf aus den Augen. Was mag er alles im Schlaf vor Augen haben? Marcel Proust kommt ihm in den Sinn „Un homme qui dort tient en cercle autour de lui .... l'ordre des mondes". Nun ja, was dem Menschen alles in seinem Schlafzustand über welche Sensoren von der großen Existenz vor Augen geführt wird, wer weiß das schon? Aber man kann dem Schlaf ja besondere Fähigkeiten zuschreiben, das war doch die alte Tradition der Traumdeuter. Schaumerma, ob der Wachzustand etwas eingefangen bekommt, um deinem Dasein im Hiersein im Dasein bewusst näherzukommen. Lassen wir den Tag sein Tagwerk vollbringen.

Unmerklich baut sich um ihn her eine Landschaft auf und dringt in sein Bewusstsein vor. Die Natur ist ein unendliches Zusammenspiel. Freilich macht sich das Bewusstsein ein Bild. Ein Bild? Myriaden von Bildern. Ein unerschöpfliches Bild, einen endlosen Strom der Bilder. Ein ewiges Bild, da kann man gar nichts falsch verstehen, damit liegt man definitiv richtig. Der Name des Herrn sei gepriesen. Jeder Schritt vorwärts scheint den Aufbau voranzubringen – von allen Seiten umfängt ihn diese Welt. Immer mehr Gräser wachsen aus dem Boden, ins Bewusstsein hinein, Gesträuch gesellt sich hinzu, Latschengruppen, Silberdistelkolonien, gelber Enzian – sauber von den Rindviechern umgrast –, Zapfen, Felsbrocken und -stufen, Geröll. Ganz in der Nähe ruft ein Vogel, versteckt. Oh, Botaniker, Ornithologen, Geologen, Klimaforscher – jetzt auch noch ein kleiner Wasserlauf – Hydrologen, Taxonomen und Dynamiker, Physiker, Mathematiker mitsamt all euren Modellisierungen und Pentaflops-Rechnern vereinigt euch. Jetzt oder nie – die Weltformel, the ToE, the glory theory of everthing. Alles interagiert mit allem, jedes mit jedem. Manche können das Interagieren kaum abwarten, andere haben alle Zeit der Welt. Welche ziehen sich an, welche stoßen sich ab, verschmelzen und spalten sich. Vom Weltraum aus gesehen wie auch von unter der Grasnarbe, aus Oberwelten, Unterwelten, Hinterwelten, Zwischenwelten und Mittelerden und tief im Innern eines jeglichen Atoms. Eine gigantische Dynamik fasst uns an. Und wir können sagen, wir sind ein Teil von ihr. Weiter.

Die Sonne schickt ihm eine Garbe strahlenden Lichts entgegen. Das wäscht letzte Traumspuren aus den Augen. Ja, er muss tief geschlafen haben in der letzten Nacht, weil die Luft so klar war. Vor dem Zubettgehen hatte er noch vor der Hütte gestanden und ein paar Betrachtungen über den Nachthimmel angestellt. Der war mit Gestirnen übersät, keine Abschirmung durch schmutzige Dunstglocken und die Lichtbarrieren der Zivilisation wie in seiner Metropole.

Reste von Traumbildern hängen noch da und dort in seinem Bewusstsein wie Spinnweben, klebrig. Aber er schreitet voran, wirft die Schatten ab.

Stetig gewinnt er Höhe am Hang entlang. Die Alm bleibt in der Tiefe zurück, auch der Bach unten am Grund des oberen Tals. Aus der Entfernung ist seine Fließbewegung nicht mehr erkennbar und keines seiner Geräusche dringt in seine Ohren. Zwischen Gebäude und Bach ist der Boden schwarz, von den Hufen der Weidetiere tausendfach zertrampelt, wenn sie am Abend und am Morgen zum Melkstall kommen, trinken und darauf warten, bis sie an die Reihe kommen. Bald wird das Tal sich zum Talschluss heben und sich zuschnüren. Er wird sich nach rechts wenden und zum Joch durchsteigen. Eine Frau und ein Mädchen machen sich am Haus zu schaffen, bereiten die drei primitiven Holztische und die groben Bänke unterm Küchenfenster für die Wanderer vor, die dort im Laufe des Tages einkehren werden. Die Speisekarte ist schlicht. Er hat sich sagen lassen, dass die „Hauswürste" genießbar sind, was nicht immer der Fall ist. Vielleicht wird er auf dem Rückweg einkehren und mit seinem Konsum die Kultur der Jausenstationen fördern.

Er kehrt der Alm den Rücken zu, steigt endgültig aus dem Morgentau empor. Hier oben hat die Sonne die Feuchte schon wieder unter die Völker der Erdoberfläche und unter der Oberfläche und auch unter die Völker der Luft gebracht. Der Tau ist weg. Vereinzelt hängen noch ein paar Nachzüglertropfen an Blättern im Halbschatten. An manchen Pflanzen gerät die Nässe nicht zu perlenden Tropfen, sondern überzieht die gesamte Fläche des Blattes mit ihrem Film. Unzählige Varianten der Adhäsion. Der Mensch hingegen klammert sich mühsam, wird zum Gleichgewichtsakrobaten. Freeclimbing als ultimative Herausforderung. Danach kommt nur noch Abheben und Fliegen. Oder der Absturz wie bei Ikarus oder einem Kletterer, den es aus der Wand wirft. Egal.

Jetzt erst einmal diese kleine gestufte Passage voll mit rutschigem Schotter, der unter seinen Tritten knirscht. Der Blick konzentriert sich auf den winzigen Pfadausschnitt vor den Füßen, sondiert zwei, drei Tritte voraus. Schön bei der Gelegenheit wieder die kleinteilige mineralische und pflanzliche Welt ins Auge zu fassen. Mit der Zeit hat ihn das Zusammenspiel zwischen mineralischen und organischen Formen fasziniert.

Und da kommt es auch schon, vom Hang her, ein Rinnsal, noch ganz stumm. Kleine Wasserpflanzen haben es sich an seinen Rändern oder als Moose unter der Wasseroberfläche gemütlich gemacht. Er bleibt einen Moment stehen. Das Wasser rieselt lautlos, an manchen Stellen ein kaum vernehmliches Murmeln, einen Kick unterhalb des Plätscherns. Aber der Strahl bahnt sich schon seinen kleinen Weg, dieser phänomenale Verwandlungskünstler. Das Wasser ist das Blut des anorganisch-organischen Austausches. Es ist der Austausch. Und hier bewegt es sich anmutig wie ein Kind. Es gießt, purzelt, verschwindet in einem winzigen Gumpen hinter einem Stein, um sogleich wieder hervorzulugen. Amüsant. Aus wie vielen Bewegungen sich doch der kleine Wasserlauf zusammensetzt. Der Wanderer denkt an die Faszination seiner Kindertage und glaubt, dass sie in ihm immer noch lebendig ist. Ein angenehmer Gedanke. Er muss es geschafft haben, sich kleine Inseln kindlichen Entzückens zu bewahren. Inseln? Im abstumpfenden, schweren Breitstrom der Zivilisation? Sehr wahrscheinlich. Auf seinen Wegen durch die Metropole scheint sich sein Blick kaum an ihren Gegenständen zu heften. Offenbar besitzen sie für ihn keine erfrischende Adhäsionskraft. Wenn sie nicht völlig glatt sind, wirken sie schmierig und verschwommen. Sie haben eine leblose Textur, zu künstlich, zu wenig Kontur, keine Dynamik. Wenn ihr Dasein endet, verrotten sie, sie werden hässlich. Wahrscheinlich waren sie von Anbeginn hässlich, aber man blickte darüber hinweg, ließ sich vom Schein täuschen. Wenn er sich einem aus der Ferne wie Diamant strahlenden Gebäude nähert, zerfällt die Illusion, Schmutz, Staub und Zerfall hausen in unzähligen Details, viele Flächen sind erblindet und der Blick selbst wird am Ende stumpf. Dennoch sind die Dinger ja nicht gebaut worden, um gleich wieder umzufallen. Sie haben Bestand, keine Frage, und stiften Nutzen. Sie müssen sein, wir können nicht anders. Aber unsere Wanderungen durch die Materie stehen doch erst am Anfang. Und wir halten uns für ungeheuer fortgeschritten. Illusion. Architekten, Städtebauer beschwören die Schönheit und Eleganz ihrer Schöpfungen. Lass sie von ihren „Städtelandschaften" träumen. Sie sind ja guten Willens und voller Kreativität, aber der Begriff ist doch arg hoch gegriffen. Wollen sie wirklich mit den Landschaftskräften der Natur konkurrieren?

Das Rinnsal fließt zu Tal, wird weiter unten sein bescheidenes Dasein dem Bach übergeben. Der Wanderer setzt sich wieder bergwärts in Bewegung. Die Pflanzendecke lockert auf. Die großen Gestalten wie mächtige Tannen oder Zirben finden keine Bleibe mehr. Die Vegetation stellt um auf kleinwüchsige Pflanzen, Flechten und Moose. Im Reich der Felsen und des Gerölls haben sich kleine Siedlungsgemeinschaften in sonnigen Insellagen gebildet wie pflanzliche Villenviertel. Da und dort ein kleiner prächtiger Einzelstandort mit einer kleinen Höhlung im Kalksteinfelsen, in der sich Regenwasser sammelt und als natürliche Zisterne dient. Die Farbgebung der Blüten ist durchgehend intensiv. Stängel, Blattwerk kompakt, gedrungen und kraftvoll, manchmal eng an den Felsen geschmiegt. Die Pflanzen sind das sprühende Fell der Erde, das mit seinen unzähligen Wurzeln das Gestein in den Griff nimmt – nicht, um es zu würgen, es ist ja tot, sondern um es für die Arbeit im Reich des Lebens heranzuziehen.

Als Kind hatte er mit Unverständnis auf den biblischen Satz reagiert, als jemand behauptete, Gott könne aus Steinen Kinder Abrahams machen. Jetzt aber, wo sich vor seinen inneren Augen die Unendlichkeit der Transformation abbildet, ist dieser Satz mit einem Mal ungeheuer wahr und tröstlich.

Gegenüber erhebt sich die senkrechte Nordwand des Grießkopfes. Der Berg hat sich seinen Namen redlich verdient. Borstiges, brüchiges, schmutzig-graues Mauerwerk, aufgetürmte Erosion. Entsprechend groß ist das Geröllfeld zu seinen Füßen. Eine Megabaustelle auch für das Wasser und die Pflanzen. Eines Tages werden sie es schaffen, aber kolossal sind die Zeitintervalle. Derzeit ist im Kar kein einziger grüner Fleck zu sehen. Dieser Erosionsvulkan ist einfach zu aktiv. Bis vor wenigen Jahren führte noch ein Pfad unterhalb dieser Wand. Wurde wegen akuter Steinschlaggefahr geschlossen.

Er fährt erschrocken zusammen. Muss genau in der Schalllinie gestanden haben, die das Geräusch bündelte und diese Form und Intensität ergibt, dass er glauben muss, der Knall sitzt im Ohr mit allen seinen Schallwellen auf engstem Raum. Wie ein Schuss, trocken und klar, ohne Echo. Aus dem Nichts des Schalls gekommen und wieder im Nichts verschwunden. Der Grießkopf hatte hoch oben einen Felsbrocken abgeworfen und dieser war nach sausender Fahrt im Kar aufgeschlagen, hatte sich dem Millionenheer seiner steinernen Kollegen dazugesellt, verschwunden in der Masse, nicht identifizierbar. Vielleicht ist er beim Aufschlag in mehrere Splitter zerschellt. Möglich, aber nicht zwingend. Abplatzer wahrscheinlicher. Im Augenblick ist er überzeugt, dass die Natur ihm ein Zeichen geschenkt hat, obwohl er mit keinem Gedanken danach verlangte. Einfach nur so und in einer Deutlichkeit, die nichts zu wünschen übrig lässt. Er soll im winzigen Abglanz und auf der unscheinbaren Spitze eines Felsbrockens zusammengezogen die reine Energie hören und die riesige Welt um sich her als ihr sich unendlich ausformendes Gegenbild schauen.

Nachdenklich geht er weiter, steigt zum Joch empor, eines der ausgedehntesten in diesem Gebirge, das er so sehr liebt. Hier oben hat die Vegetation noch einmal einen gewaltigen Teppich ausgerollt. Gewiss auch mit dem Zutun des Menschen und seiner Tiere. Der Mensch hat die Pflanzen dazu bewegt, sich ihm nützlich zu machen und dabei ihr Dasein ungeschmälert zu entfalten. Und indem der Mensch sich hier mit den Pflanzen solidarisch verhält, gewinnt er die sommerliche Autorität über den Ort und führt seine Tiere auf die Weide.

Seltsam. Wie aus dem Boden gewachsen taucht links unter ihm ein junger Hirte auf und steigt durch den grünen Rasen empor. Er strebt wie der Wanderer der Hütte zu. Schon ist er auf der Höhe des Wanderers. Sie begrüßen sich, tauschen ein paar freundliche Worte. Der Wanderer fragt: „Wo hast du deine Tiere gelassen?". Der junge Hirte lacht: „Dia sein weiter dunta." – „Kannst du sie denn allein lassen?" – „Joa freilig, dia kenna sich doa bessar aus wia i. Un gscheidr seinsa oa!" – Und weiter ist er mit riesigen Schritten, der Alpenvereinshütte zu, wo er sich gern aufhält. Die jüngere Tochter des Wirtes erwartet ihn schon für einige liebenswürdige Augenblicke der Zweisamkeit, die man erhaschen möchte im arbeitsreichen Tag.

Auf der gegenüberliegenden Seite wächst aus dem Stanzer Tal der Hohe Riffler empor wie ein Traum. Nein, er wird diesen formschön gegliederten Berg nicht mehr besteigen. Klar fasst er das markante Massiv ins Auge, das so unglaublich ruhend wirkt, mit dem so wundersam geformten Pettneuer Ferner in seinem Felsenschoß. Sein Geist kann sich der Schönheit dieser Felsgestalt nicht entziehen und will dies auch nicht. Es ist ein Moment der spirituellen Hingabe des beseelten Lebewesens an diese so unnahbare mineralische Materie. Sie trägt uns. Und immer wieder durchzieht das Wasser in unzähligen Formen und Arabesken den Raum. Gegenüber nimmt es die Gestalt einer eleganten kleinen Gletscherzunge an und ruht scheinbar regungslos.

Der Totentanz von Elbigenalp

Ich war wieder einmal im Bernhardstal unterwegs und beschäftige mich in Gedanken mit diesem mächtigen Felsblock neben der Alpe. Ich verglich ihn mit einer ägyptischen Pyramide und stellte ihn mir als ein natürliches Grabmal vor. Was mochte er wohl alles umschließen? Im Augenblick sagte in meinem Inneren eine Stimme: „Anton, male den Totentanz!" – Ich fragte: „Wer bist du?" – Aber ich erhielt keine Antwort. Die Stimme war verstummt und ich sollte sie nie mehr hören.

Doch ich wusste, dass mir eine Eingebung zuteilgeworden war, vielleicht die einzige Eingebung meines Lebens, jedenfalls die einzige, die ich in meiner Erinnerung bewahrte. Ich beschloss, diesen Auftrag auszuführen, eines Tages mit den bescheidenen Mitteln meiner Kunst. Vielleicht wurde ich in diesem Augenblick zum Künstler, jedenfalls begann ich, daran zu glauben, dass ich einer war, ein bescheidener gewiss. Auch die bescheidene Kunst hat ihren Platz und entfaltet ihr nützliches Wirken. Die große Kunst kann nicht überall sein. Und die Menschen im Tal sind einfache Menschen. Die Kunst muss so zu ihnen sprechen, dass sie von ihnen verstanden werden kann und sie ihr vertrauen können.

Ich hatte in meinem ganzen Leben immer nur Aufträge ausgeführt, Kupferstiche und Lithographien, um gelehrte Werke zu illustrieren. War meinen Auftraggebern immer zu Diensten gewesen, mit ganzer Kraft. Ein Leben ohne Arbeit konnte ich mir nicht vorstellen. Und daran wird sich auch bis zu meinem Tod nichts mehr ändern. Mein Drang, etwas Nützliches zu tun, ist groß. Ich glaube, ich hätte sogar ohne Lohn gearbeitet. Aber das Schicksal meinte es gut mit mir. In den wichtigen Augenblicken meines Lebens traten Menschen vor, die mich förderten. Angefangen mit meinem Vater, der mich zur rechten Zeit dem sehr verehrten Maler Selb in Unterstockach in die Lehre gab. Er brachte mich auf den Weg nach München. Und dieser Stadt verdanke ich eigentlich mein ganzes berufliches Fortkommen, lernte dort die Kunst des Gravierens und fand eine Anstellung bei der königlichen Steuerkataster-Kommission.

Später begeisterte mich Sennefelder im rechten Moment für die Lithographie. Das war die beste berufliche Entscheidung meines Lebens.

Hofrat Schilling hätte mich gern nach Sankt Petersburg entführt, aber die Stadt war wirklich zu weit entfernt und im Winter fürchterlich kalt.

Aber da war ja der Obermedizinalrat Froriep, dem ich so dankbar bin, weil er mir eine Stelle in Weimar verschaffte bei Bertuch, wo ich erfolgreich und zur vollen Zufriedenheit des Chefs die Lithographie aufbaute. Goethe habe ich häufiger gesehen und mich auch mit ihm unterhalten. Er war ganz begeistert von meinen Kupferstichen. Ich war selbst nicht unzufrieden. Die feinen, detailreichen Arbeiten an Ästen, Blättern, Blüten und Früchten lagen mir. Ich habe mich immer für kleinste Details interessiert. In meinem Beruf benötigt man ein gutes Auge, große Geduld und eine sichere Hand.

Ich wäre gern noch länger in Weimar geblieben, aber ich war nur beurlaubt und wollte meine Stelle in München bei der

Steuerkataster-Kommission nicht aufgeben. Als diese meine Beurlaubung nicht mehr verlängern wollte, bin ich zurück nach München an meinen alten Arbeitsplatz.

In Weimar und auch in München müssen einflussreiche Leute gut von mir gesprochen haben, denn ich erhielt ständig Anfragen und Aufträge aller Art. Ich glaube, ich habe Tag und Nacht gearbeitet und wirklich gutes Geld verdient.

Nicht vergessen will ich, dass mein Onkel mütterlicherseits, den ich 1816 in Wien besuchen durfte, nach seinem Tod 1837 meinem Bruder und mir ein schönes Erbe hinterließ, denn er hatte es bis zum Bürgermeister der Stadt gebracht, war zu Ansehen und auch zu Vermögen gelangt. Er hinterließ keine Kinder.

Ich war gern in München, aber diese Stadt konnte nicht meine Heimat sein. Heimlich zog es mich zurück ins Lechtal. Bei einem Besuch 1822 in Elbigenalp, wahrlich ein goldener Oktober, trat Therese in mein Leben. Wir haben uns auf den ersten Blick ineinander verliebt und auf der Stelle geheiratet. Das war die glücklichste Entscheidung meines Lebens. Wir haben ein Haus gekauft und vier Jahre später neu gebaut.

Ein bitterer Stachel bleibt jedoch. Der Tod unseres Sohnes, den ich nicht in meine Arme nehmen durfte. Er wurde Weihnachten 1830 geboren, mitten im kalten Winter, wie unser Herr. Ich war in München. Am dritten Tag war das Kind tot, getauft auf den Namen Ignaz.

Ich habe noch bis zum Herbst 1831 in München gearbeitet und schließlich den Dienst quittiert, um endgültig ins Lechtal heimzukehren. Ich war wohlhabend, konnte mir ein Leben als freier Mann erlauben, nahm Aufträge an, wie es mir gefiel.

Therese und ich wussten, dass wir keine anderen Kinder mehr erhoffen durften, und wir haben unser gemeinsames Los angenommen. Und so geschah es, dass ich meine väterliche Zuneigung meiner Heimat schenkte. Ich begann, das zu tun, was mir wirklich wichtig werden sollte: Mich um das Wohlergehen und den Fortschritt der Menschen im Tal zu kümmern, den Geist und das Leben ihrer Gemeinschaft zu fördern. Vor allem die Zukunft der Jugend lag mir am Herzen. Ich habe junge Menschen im Zeichnen und im Malen unterrichtet, Buben und Mädchen, nicht nur, um ihren Sinn für das Schöne zu wecken. Ein Bleistift- oder Pinselstrich bringt Zeichen hervor, die sich zu Bildern verbinden, wie die Schriftzeichen, die sich zu Worten und Texten verbinden oder die Algebra mit ihren Ziffern, die unsere Berechnungen erlauben. Alle diese Werkzeuge braucht der Geist, wenn er nicht stumpf und blind bleibt will.

Ja, ich habe alle Wohltaten, die ich von dieser Welt empfangen durfte – und ich muss zutiefst dankbar sein, – gemehrt wie der treue Verwalter im Evangelium und sie der Heimat, die mich hervorgebracht hat, zurückgegeben. Auf diese Weise habe ich allen Menschen das Gute vergolten, das sie an mir getan hatten.

***

Der wundersame Auftrag, den ich im Bernhardstal erhalten hatte – oder hatte ich ihn mir selbst erteilt? – ging mir nicht aus dem Sinn. Er schien geduldig auf den Anstoß zu seiner Ausführung zu warten. Und tatsächlich tauchte eines Tages in mir eine Szene in Weimar auf, die mich erkennen ließ, was es mit diesem Totentanz auf sich hatte, dem ich Gestalt geben sollte.

Ich erinnerte mich, wie Bertuch, mein damaliger Chef und liebenswürdiger Freigeist, mir einen „Lauenburger Kalender" schenkte und hintergründig dazu lächelnd sagte, da seien Radierungen von Daniel Chodowiecki drin, die würden mich als Katholiken gewiss interessieren. Ja, dieser Kalender musste in meiner Bibliothek schlummern und tatsächlich fand ich ihn, blätterte ihn durch. Da war er wieder, dieser unheimliche Totentanz von Chodowiecki. Ich spürte, dass es jetzt endlich vorangehen würde mit meinem Totentanz, auch als Replik auf die sinistre Welt, die Chodowiecki gezeichnet hatte. Als junger Mensch hatte ich in Füssen den Totentanz von Jakob Hiebeler gesehen und mir das Motto gemerkt „Sagt Ja, Sagt Nein, Getanzt muess Sein". Welch ein Unterschied! Bei Hiebeler besaß der Schrecken etwas Versöhnliches, Menschliches. Die Menschen hatten sich in ihren Tod gefügt. Bei Chodowiecki hingegen herrschten Auflehnung und Wut. Manche seiner Figuren wollten sich nicht fügen. Was mochte in solchen Menschen vorgehen? Etwas hinderte sie daran, sich demütig zu beugen und ihr Schicksal anzunehmen. Welcher verzehrende Aufruhr mochte in ihren Seelen wie Höllenfeuer lodern? Vielleicht hatte es mit der großen Revolution der Franzosen zu tun. Seitdem waren so viel neue Unruhe und Leid in die Welt gekommen und mehr noch: Zwietracht, Neid, ja Hass und Mordgier. Mir war klar, dass eine neue Zeit angebrochen war. Sie hatte Gutes gebracht, aber auch Unseliges. Längst lagen nicht mehr nur die Mächtigen im Streit untereinander und bedrückten die Menschen, sondern die Menschen selbst mochten sich nicht mehr leiden. Sie waren misstrauisch und missgünstig geworden, unterstellten einander Schlechtigkeiten oder führten Böses im Schilde. Zwischen den Herrschern und ihren Völkern hatte nie wirkliche Gerechtigkeit geherrscht. Aber wenngleich die Mächtigen nicht untereinander Frieden halten konnten, so doch wenigstens die einfachen Menschen. Jetzt aber schien auch dieser Trost die Menschen zu verlassen.

Ja, auch im Tal sah ich Keime von Hochmut, Ärger, Feindseligkeit und Neid. Jene, die ihr Glück in der Fremde gemacht hatten und zu Reichtum gelangt waren, hielten nicht wirklich Gemeinschaft mit den einfachen und bescheidenen Bewohnern. Weil sie reicher waren, hielten sie sich für die besseren Menschen, obwohl sie nur wenig Bildung besaßen. Das schien der Geist der neuen Zeit zu sein. Sie waren tüchtig, was niemand bestritt. Aber waren ihre Vorfahren nicht einfache Hausierer, die mit nicht weniger Mühen als die Bergbauern und Handwerker ihren Unterhalt verdienten? Auch ich stamme aus einfachen Verhältnissen. Und obwohl ich mit Geschick und auch Glück zu Wohlstand und Ansehen gelangte, habe ich nie meine einfachen Eltern gering geschätzt, sondern ihre Mühen gesehen und nie vergessen, was sie für mich taten. Aber heute schätzen manche Menschen ihr Können und ihren Erfolg allzu hoch ein. Sie glauben, ihre Leistung würde das Glück an ihre Seite zwingen. Sie glauben, alles aus eigener Kraft zu bewegen, und vergessen, wie viele andere Menschen mitwirken an ihrem Erfolg. Jeder einzelne Erfolg ist nicht nur die Frucht eigenen Könnens, sondern immer auch das unsichtbare Werk der Gemeinschaft. Und über all unserem Tun muss doch Gottes Segen ruhen.

Jedes Neugeborene ist die sichtbare Frucht der Gemeinschaft von Mann und Frau. Und steht nicht schon in der Bibel, dass wir die Menschen an ihren Früchten erkennen werden? Wie sehr hatte mich der Tod meines kaum geborenen Kindes betrübt. Meine Frau und ich waren untröstlich. Der Tod ist unerbittlich.

All diese Gedanken und noch viele andere dergleichen bewegten mich und flossen in diesen Totentanz hinein, der mir jetzt deutlich vor Augen stand. Er sollte meinen Mitmenschen im Tal das Leben der heutigen Welt an seinem Ende vor Augen stellen.

***

Ich habe mit Pfarrer Johann über meine Idee gesprochen, der Gemeinde einen Totentanz zu schenken. Er hat mich erst ganz überrascht angeschaut und nicht so recht verstanden, was ich meinte. Ich habe ihn auf den Füssener Totentanz hingewiesen, in der Sankt-Anna-Kapelle. Den kannte er ja. Aber das sei doch eine ganz alte Geschichte, wandte er ein. Warum ich einen Totentanz wiederbeleben wollte. Und dabei lachte er über sein Wortspiel. Ich habe ihm von meinen Bedenken und Sorgen der heutigen Zeit gegenüber erzählt. So viele Bestrebungen, die auseinanderlaufen oder sich verhaken und sogar böses Blut machen. Die Menschen auch im Tal haben viel von ihrem alten Gemeinsinn verloren und den Geist ihrer Vorfahren vergessen. Und da sei mir der Gedanke gekommen, ihnen lebhaft ins Gedächtnis zu rufen, dass sie doch alle ein großes gemeinsames Schicksal hier auf Erden haben und am Ende unseres irdischen Schicksals stehe nun mal der Tod für jeden Einzelnen und für uns alle miteinander. Vielleicht helfe ihnen dieser Gedanke, sich selbst und ihr Leben weniger überheblich zu betrachten und mit wahrer Demut anzunehmen.

Der Pfarrer hatte sich meine Gedanken mit wachsendem Wohlwollen angehört und schließlich meinem Plan zugestimmt. Als Ort käme ja wohl die Martinskapelle infrage, meinte er, das sei ohnehin meine Kapelle. Daran hatte ich natürlich auch selbst gedacht. Aber mir schwebten noch die Nischen unserer Friedhofsmauer vor. Dort wollte ich die Motive als Fresken in der Vergrößerung noch einmal so recht vor Augen führen. Diesen Plan fand der Pfarrer sehr reizvoll. Er meinte, das sei eine große Anregung tröstender Gedanken, wenn man sich auf dem Friedhof um die Gräber seiner lieben Verstorbenen kümmere und dabei liebevoll an sie denke.

Ich war dankbar, dass ich unseren Pfarrer für meinen Plan gewinnen konnte. Und wir kamen überein, dass ich ihn auf dem Laufenden halten würde und er zum Beispiel Skizzen zur Ansicht bekäme, um den Fortgang der Arbeit zu verfolgen. Selbstverständlich würde ich sämtliche Kosten übernehmen. Er möge den Totentanz, also beide Ausführungen, als Stiftung betrachten. So wie ich schon die Martinskapelle hatte restaurieren lassen und die Holztafeln an den Seiten-wänden mit dem alten und neuen Testament und dem Stammregister Christi bemalt hatte.

***

Die Entwürfe des Totentanzes nehmen Gestalt an. Ich habe insgesamt achtzehn Szenen ausgewählt. Für die Fresken der Friedhofsmauer musste ich die Zahl auf zwölf begrenzen, entsprechend der vorhandenen Nischen. Ich habe mich bei Holbein, Jakob Hiebeler und Daniel Chodowiecki inspiriert und die Menschen entsprechend ihrem Rang, ihrem Beruf oder ihrem Stand in ihrer Begegnung mit dem Tod ausgewählt. Ich glaube, dass die Menschen weiterhin einen Platz im großen gemeinschaftlichen Dasein finden und einnehmen müssen. Und wenn ein König seinem Tod entgegentritt, so ist es etwas anderes, als wenn ein Bauer oder Bettler, eine Mutter oder ein Kind vom Tod geholt wird. Jeder Mensch möchte alles, was er in diesem Leben war, in die Waagschale werfen. Er verteidigt sein Dasein, macht es geltend – und muss doch einsehen, dass es im Angesicht des Todes nicht mehr zählt. Einige sollen auch Widerstand leisten, bevor sie sich in ihr Schicksal fügen, aber nicht so erschreckend wütend wie bei Chodowiecki.

Drei Motive habe ich neu hinzugefügt: den Mörder, den Totengräber und den Künstler. Der Mörder vertritt keinen Stand, sondern kann jedem Stand angehören. Er hat das göttliche Gebot missachtet, weil er das heilige Band der menschlichen Gemeinschaft zerrissen hat. Deshalb ist der Tod zugleich der Vollstrecker der Todesstrafe.

Ich schwankte lange zwischen Künstler und Gelehrten und entschied mich schließlich für die Figur des Künstlers. Vielleicht habe ich so den Streit zwischen den beiden Seelen in mir entschieden. Diese Figur hat mich viele nachdenklichen Mühen gekostet. Natürlich habe ich an den großen Joseph Koch gedacht, der im letzten Jahr im fernen Rom verstorben ist. Es hätte nicht viel gefehlt und mir wäre wie ihm ein Leben in der fernen Fremde zuteilgeworden, auch wenn ich längst nicht so begabt und berühmt bin wie er. Aber er war ja von Landsleuten umgeben. Das hat ihn sicherlich gestärkt.

Ich wollte eine Antwort auf die Frage finden, was uns Künstler, auch mich als bescheidenen Künstler, mit den Menschen verbindet. Es ist ja nicht die Macht, nicht der Beruf, der Reichtum, der Hof, auch nicht die Familie, weder Rang noch Stand. All diese Fäden, Stricke oder gar dicke Taue, mit denen wir uns in unser Leben weben und knüpfen oder an unseren Platz in der Gesellschaft gestellt sind, spielen für den Künstler nicht die entscheidende Rolle. Was bleibt uns schließlich, wenn nicht der Glaube an die Kunst? Nein, die Kunst ist nicht unsere Religion. Jedenfalls nicht meine Religion. Die Kunst ist keine Gottheit. Vielleicht wird sie ja von manchen vergöttert. Aber das ist Götzendienst, eine vom Menschen selbst geschaffene falsche Gottheit.

Vor diesem Irrglauben habe ich mich immer gehütet. Ich glaube, die Kunst ist eine besonders vollendete Form der menschlichen Zuneigung zum Menschen, zu allen Menschen, und ein immerwährender Dienst an ihrem Geist und ihrem Fühlen, an ihrer Menschlichkeit. Der Künstler sieht und begreift ihre Stärken und Schwächen, ihre Tugenden und Laster, hat keine Angst vor ihnen. Ich jedenfalls habe mein Können, meine Kunst immer in den Dienst der Menschen gestellt. Und so ist auch dieser Totentanz, der gerade durch meine Arbeit entsteht, ein Dienst an den Menschen meiner Heimat.

An den Schluss des Reigens habe ich den Totengräber gestellt. Er, der alle Menschen vor ihm als Tote aus dieser Welt verabschiedet, soll der letzte Erdensohn sein, den der Tod holt.

Das erschien mir ein reizvolles Paradox zu sein und den großen Reigen zu schließen.

∗∗∗

Nun ist es vollbracht. Der Totentanz wurde der Gemeinde und allen ihren Mitgliedern übergeben. Auch Menschen von nah und fern waren zugegen. Pfarrer Johann hat nicht mit Lob gespart. Natürlich freut mich seine Wertschätzung sehr. Aber mehr als meine Person soll doch das Werk die Aufmerksamkeit der Menschen auf sich ziehen und dies ist wohl der Fall in einem Maße, das ich mir nicht vorgestellt oder gar erhofft hatte. Die Menschen sind sehr beeindruckt von den Darstellungen und sicher wird mich demnächst noch so mancher beiseitenehmen und mich befragen. Dann werde ich Rede und Antwort stehen, so gut ich kann. Ich habe auf meinen Wanderungen durch die Welt so viel Hochmut und so wenig Demut gesehen. Es ist eine Zeit der hochfliegenden Gedanken und Pläne. Und manche halten sogar Gott für eine Erfindung des Menschen. Soll man sich vor solchen Geistern fürchten oder soll man sie bedauern? Wir müssen einander Mut machen. Unseren Mut aus der Demut schöpfen und aus dem Vertrauen in Gott.

Natürlich wird der Reiz des Neuen und Überraschenden bald wieder vorbei sein. Wir Menschen sind nun mal so. Aber wenn diese Bilder ganz selbstverständlicher Teil des Friedhofs und der Kapelle werden, dann ist doch viel gewonnen. Nicht nur das Neue hat seinen Reiz, sondern auch das Vertraute. Wir benötigen doch auch die vertraute Umgebung, wir umgeben uns mit Menschen, die uns lieb und vertraut sind und mit so vielen vertrauten Gegenständen. Und was kann einer neuen Sache Schöneres passieren, als mit der Zeit in Harmonie mit seinem Umfeld würdevoll zu altern und dauerhaft vertraut zu werden? Das ist, was ich dem Totentanz wünsche. Wenn dies seinen Bildern und Worten gelingen sollte, dann möchte ich zufrieden sein und glauben, dass ich den Menschen etwas Gutes geschenkt habe.

… bis dass der Tod euch scheidet

„Bernhard" – behutsam und mit trister Zärtlichkeit rief die Frau ihren Mann bei seinem Namen.

Der Kranke lag im Halbdunkel der Wohnstube, rührte sich nicht und wurde künstlich ernährt. Die Demenz hatte ihr zerstörerisches Werk fast vollendet. Der Klang ihrer Stimme und die beiden Silben seines Namens riefen eine kaum wahrnehmbare Reaktion hervor. Er hört mich, er weiß, dass ich da bin.

Aber dieses Wissen ist für ihn nicht mehr verstehbar. Ich glaube, es ist sein Körper, der es weiß. Wenn ich ihn rufe, gibt es ihm Geborgenheit. Er ist glücklich. Aber wie wenig das ist. Ich muss mich damit zufriedengeben, dass er mir nicht mehr antworten kann. Sein Körper ist vielleicht wie ein winziges Echo, ein unendlich ferner Nachhall vergangener bewusster Zeiten, als wir miteinander sprachen oder uns Zeichen gaben. Ich spreche in ihn hinein und empfange diese kleine Reaktion. Sein Name ist seine letzte Verbindung zu mir. Aber dies nur, wenn ich ihn ausspreche und ihn bei seinem Namen rufe. Wenn ein anderer ihn mit seinem Namen anspricht, reagiert er nicht. Es ist nicht nur sein Name, sondern es ist meine Stimme, ihr Klang. Das ist mein ganzes Wissen davon, dass er mich erkennt und zufrieden ist.

***

Anfangs verlief seine Erkrankung schleichend und verdeckt. Ich glaube, dass ich die frühe Phase seiner Erkrankung zunächst gar nicht mitbekommen hatte. Es gab kleine Vorfälle, sonderbare Brüche in seinem Reden und Verhalten. Aber ich gab zunächst nicht acht. Ich hielt es für Vergesslichkeit, Unkonzentriertheit. Dachte, dass er halt manchmal den Faden verlor. Ihm selbst schien das auch nichts auszumachen. Vielleicht wollte ich die Veränderungen lange nicht wahrhaben. Auch mein Mann schien nichts von seiner Erkrankung zu wissen. Schließlich ließ sich die Wahrheit nicht mehr verdrängen.

Wir suchten Fachärzte auf. Als die Ärzte die Krankheit meines Mannes festgestellt hatten, sagten sie mir, dass aus medizinischer Sicht keine Aussicht mehr auf eine Besserung bestand. Mein Mann würde zum Pflegefall werden, mit völliger Hilflosigkeit im fortgeschrittenen Stadium. Das war sehr hart. Ich hatte es damals sofort abgelehnt, Bernhard jemals in eine Pflegeeinrichtung wegzugeben. Ich war entschlossen, ihn bei mir zu Hause zu versorgen. Er hat nie zu erkennen gegeben, dass ihm das traurige Schicksal bewusst war, das ihm bevorstand. Er hat sich nie beklagt. Und ich brachte es nicht über das Herz, ihm Fragen zu stellen. Wir haben einfach weitergelebt, als ob nichts wäre. Sein Zustand verschlechterte sich nach und nach. Schließlich war es so weit. Er wurde zum schweren Pflegefall. Ich richtete ihm sein Bett neben dem Kachelofen in der Stube ein. Schließlich konnte er es nicht mehr verlassen.

Die Ärzte waren mit der häuslichen Pflege einverstanden und haben mir alles beigebracht. Ein Professor der Uni-Klinik ist regelmäßig gekommen und hat mir viel über die Pflege und den Umgang mit meinem kranken Mann erklärt. Und nach Jahren hat er mir gesagt, dass mein Mann in jedem Pflegeheim schon längst tot gewesen wäre. Er hat sich kein einziges Mal wund gelegen. Darauf habe ich immer besonders geachtet.

***

Vor dem Vollzug des Sakraments hatte der Pfarrer Bräutigam und Braut eindringlich gefragt, ob ein jeder entschlossen war, den anderen zu lieben, zu achten und ihm die Treue zu halten alle Tage seines Lebens. Die jungen Brautleute standen festlich gekleidet vor dem Altar und schauten sich an. Der ganze Ernst der Zeremonie schien sich in dieser ungeheuren Frage zu konzentrieren. Sie war die letzte Hürde vor dem Vollzug des Sakraments, jenes Sakramentes, das nicht die Kirche spendet, sondern das Mann und Frau sich spenden als religiöser Ausdruck ihrer „unio". Die kleine Kirche ihres Heimatdorfes war bis auf den letzten Platz gefüllt und sogar draußen standen noch Menschen. Die Hochzeit war nicht nur ein Familienereignis, sondern ging die ganze Gemeinde an, die zugleich die Dorfgemeinschaft war. Alle waren Zeugen der kirchlichen Eheschließung. Trotz ihrer Jugend beantwortete die Braut diese Frage nicht nur mit dem vom Ritus geforderten „Ja", sondern mit einem „Ja", das aus ihrem tiefen Innern kam und ihrem Mann, diesem Menschen, die unverbrüchliche Treue versprach.

Die Treue gab ihrem Leben seine Gestalt. Sie durchwirkte ihren Alltag, die Höhen und Tiefen, die Freuden und Schmerzen ihres Daseins. Die junge Bäuerin lebte ihr Versprechen, das tatsächlich für ein Menschenleben ausgelegt war. Unzählige Frauen hatten es vorgelebt oder waren gerade dabei, es zu leben. Und sie selbst drang immer weiter in dieses Leben vor. Nachwuchs stellte sich ein und es entstand eine Familie, die sie in den Mittelpunkt ihrer sorgenden Mühen stellte. Zu keinem Zeitpunkt kam ihr der Gedanke, ein „anderes Leben" versäumt zu haben oder ein verkümmertes oder verkrüppeltes, ja „menschenunwürdiges" Leben zu führen. Die Bedingungen, Ereignisse und Umstände ihres Lebens entfachten in ihr kein lauerndes oder nagendes Gefühl der Entfremdung, keine existenziellen Zweifel und Sinnkrisen. Sie war sich und ihrem Leben niemals fremd, sondern ihr Leben erschien ihr zutiefst vertraut.

Ihre Kraft schöpfte sie aus ihrem Gottvertrauen. Das Gottvertrauen war ein unerschütterlicher Teil ihres Daseins und gab ihr Lebensmut. Da war kein Riss in ihrem Bewusstsein, da tat sich kein Spalt des Zweifels auf, der an ihrer Existenz hätte nagen können, mit endlosen Sinnkrisen, Zusammenbrüchen von „Illusionen", Irrtümern und Neuanfängen. Freilich trug sie Verletzungen und auch schmerzende Narben davon. Doch sie nahm ihr Schicksal an, war ein Mensch mit einem angenommenen Schicksal, weil ihr Schicksal menschlich annehmbar war und nicht revoltierend.

Sie und die übrigen Menschen ihrer Welt verfügten über eine Lebenswelt, die annehmbare Schicksale für die einzelnen Mitglieder der Gemeinschaft bereithielt. Wie hätte es anders sein können? Und darin eingeschlossen waren sogar extreme Schicksale, die Schicksale der vom Leid ernsthaft Geprüften, die „Schicksalsschläge", von denen einer die Bäuerin und ihren kranken Mann getroffen hatte. Die Menschen ihres Dorfes nahmen daran vollständigen Anteil. Was der Bäuerin widerfuhr, betraf sie alle. Die Menschen brachten ihr mehr als Mitgefühl entgegen. Eigentlich brachten sie ihr gegenüber gar nichts Besonderes zum Ausdruck. Eher handelte es sich um eine tiefe, ja schier unbewusste Solidarität von Menschen, von denen ein jeder ein solches Leid geduldig auf sich genommen hätte, würde es ihm widerfahren.

***

„Ich habe oft über eure traurige Geschichte nachgedacht, vor allem darüber, wie du zu deinem Mann in seiner langen Krankheit gestanden hast. Und da kam mir dein Ehegelöbnis damals am Traualtar in den Sinn und diese Worte, die jeder kennt: Alle Tage seines Lebens. Du hast für deinen Mann gesorgt und ihn alle Tage seines Lebens bis an sein Ende begleitet, bist nicht von seiner Seite gewichen. Aber du hast die voranschreitende Demenz erlebt. Hast erlebt, wie das Bewusstsein deines Mannes immer schwächer wurde. Wann war dein Mann für dich – wie soll ich sagen – geistig tot?“

„Ich will versuchen, dir zu antworten, weil ich dir vertraue und weiß, dass du ein Mensch bist, der immer das Verstehen sucht. Für mich war mein Mann tot, als mir klar war, dass er mich nicht mehr erkannte. Es kam der Augenblick, wo ich nicht mehr das geringste Echo empfing. Und da wusste ich, dass in ihm jegliche Fähigkeit, mich zu erkennen, erloschen war. Da war seine lebendige Gegenwart vorbei und es gab nur noch die Erinnerung. In dem Moment war er endgültig aus

dem Leben gegangen, auch wenn sein Körper noch schwach lebte. Ab diesem Augenblick konnte ich ihn nicht mehr anders als tot empfinden. Und ich war schrecklich traurig, dieser Trennungsschmerz, weil ich wusste, dass er davongegangen war und nicht mehr zurückkehren würde. Ein paar Wochen später ist er dann ruhig gestorben und der Herr hat ihn erlöst. Vielleicht habe ich auch in dem Moment diesen Satz, den er und ich vor sechsundfünfzig Jahren am Altar gesprochen hatten, wirklich verstanden. D. h. damals war uns ja kaum vorstellbar, dass dieser Augenblick kommen würde und schon gar nicht in dieser grausamen Form. Und dann ist er gekommen und hat sich erfüllt."

„Wie meinst du das? Erfüllt?"

„Jetzt im Nachhinein weiß ich, dass wir unser Leben so geführt haben, dass wir am Ende in jedem Fall wieder auf diesen Satz stoßen würden. Und im Augenblick des Abschiednehmens konnte ich mir sagen, dass ich ihm nichts Falsches versprochen hatte. Unser gemeinsames Leben ist genau an diesen Punkt gelangt. Sein Tod hat uns voneinander getrennt, weil uns im Leben nichts trennte. Unser Leben hat uns zusammengehalten bis in die letzte Regung seines armen Bewusstseins. Und auch die Religion und die Gesellschaft – ihr modernen Menschen benutzt ja so oft diesen Begriff, um die Gemeinschaft zu bezeichnen – hatten uns nichts Falsches versprochen. Wir haben ja unser gemeinsames Leben geführt, so, wie es versprochen und vom Glauben bestätigt war und wir selbst es zu führen versprochen hatten."

„Ein Satz, der ein ganzes Leben zusammenfasst – das erscheint unglaublich. Das hört sich an wie eine Brücke über den Abgrund, oder wie der Bauplan dieser Brücke. Wie ein Tunnel, der durch den Felsen gebohrt wird. Auf beiden Seiten treiben der eine und der andere sein Teilstück immer weiter, bis sich die beiden treffen – und dann scheidet sie der Tod. Und doch waren sie in ihrem ganzen Leben durch diesen „Bauplan" in ihren Köpfen verbunden. Und alles, was sie einander angedeihen ließen, war immer wieder ein Stückchen Arbeit am Brückenschlag ihres gemeinsamen Lebens, den sie immer vor Augen hatten."

„Ja, du benutzt ein anschauliches Bild. Mein Mann und ich haben nie an unserem gemeinsamen Leben gezweifelt. Es hat Streit und Krisen gegeben, wie in jeder Ehe. Und ich glaube, dass ich – selbst wenn unser gemeinsames Leben einen bösen Pfad genommen hätte, wenn wir uns ganz und gar nicht mehr hätten vertragen sollen und ein Zusammensein unerträglich gewesen wäre – keinen anderen Mann mehr als meinen Mann angenommen hätte."

„Und wenn eine Frau ihren Mann zum Beispiel durch einen Unfall in jungen Jahren verliert, sollte sie dann Witwe bleiben?"

„Das möchte ich so nicht sagen. Ich glaube, es ist dann eine Frage, wie viel sie schon am gemeinsamen Leben vollbracht haben. Es gibt vielleicht einen Punkt, da sind die Gemeinsamkeiten schon so weit fortgeschritten, dass man kein Be-

dürfnis mehr hat, mit einem anderen Menschen eine neue Ehe einzugehen, vielleicht auch gar nicht mehr das Vermögen hat. Das mag der Fall sein, wenn Kinder da sind, die schon größer sind und mit dem Vater sehr verbunden waren. Aber ich möchte das von außen nicht beurteilen, das muss der Mensch für sich selbst entscheiden, wenn er in eine derartige Situation gerät."

"Ich glaube, mit diesen Ansichten wirst du heutzutage bei den Jüngeren auf Unverständnis stoßen. Vielleicht verlangen die Menschen ja weiterhin nach dieser unbedingten Treue. Aber sie ist kein Wert mehr, der von der Gesellschaft vertreten wird. Die Gesellschaft wird dir sagen, dass diese Treue deine persönliche Lebensentscheidung ist. Du kannst sie gern praktizieren – so wie unzählige andere Überzeugungen. Das ist die neue Verbindlichkeit. Die Gesellschaft stiehlt sich in diesen Dingen aus ihrer Verantwortung und entfernt sich in die Unverbindlichkeit."

"Ich weiß, die jungen Menschen, auch meine Kinder, geben mir zu verstehen, dass meine Ansichten „altmodisch" sind und die heutige Generation nicht mehr so denkt wie die älteren. Sie sagen, dass die Zeiten sich geändert haben. Das ist mir schon bewusst. Doch ich muss gestehen, dass ich die jungen Menschen nicht wirklich verstehe. Und manchmal fürchte ich, dass sie selbst nicht wirklich verstehen, was sie sagen. Welche Änderungen meinen sie? Wenn man sie fragt, wissen sie tausend Gründe. Und doch habe ich das Gefühl, sie reden am Wichtigsten vorbei. "

„Was ist das Wichtigste? Das Gemeinsame?"

„Ja, wenn du im Leben mit dem anderen das Gemeinsame erfährst und in deinem Innern bewahrst, brauchst du keine ‚neuen' Erfahrungen mehr. Dann weißt du, dass du wirkliche Erfahrungen gemacht und sie in wertvollen Besitz verwandelt hast, für dich selbst und für den anderen."

„Ja, vielleicht auch für alle anderen, die der neuen Gesellschaft angehören und zu denen ich mich zähle. Was du sagst, gibt mir wirklich zu denken."

„Ach, du! Du bist doch ein gebildeter Mensch und hast in deinem Leben so viele kluge Sätze gehört und gelesen. Was soll ich einfache und alte Bäuerin dir zu denken geben?"

„Weit mehr als du dir vielleicht vorstellen kannst. Möglich, dass von eurer Gemeinschaft wieder die Rede sein wird – nicht als Vergangenheit oder Geschichte."

„Das verstehe ich nicht."

„Die Menschen suchen nach starker menschlicher Bindung, aber die heutige Gesellschaft verfolgt andere Ziele, die den verfügbaren und ständig anpassungsbereiten Menschen erfordern. Sie versucht, ihre Mitglieder entsprechend zu orientieren und zu formen. Offenbar entstehen dabei innere Widersprüche, welche die Bildung von festen sozialen Bindekräften stören. Die Menschen spüren den Mangel und

werden sich sicher neue Fragen stellen. Da sind die Zusammenhänge der tiefen menschlichen Begegnung und Kommunikation der Einzelnen untereinander und der Einzelnen mit ihrer Gemeinschaft. Untereinander können die Einzelnen keine Antworten finden. Wenn aber die Gemeinschaft wüst und leer ist, kann auf Dauer der innerste Kern menschlicher Bindung, die Zweisamkeit, nicht erblühen und Früchte tragen. Vielleicht wird man deshalb wieder eure geistige Welt verstehen wollen. Der Einzelne lebte in einer Gemeinschaft, die ihm alles zurückgab, was er ihr gab."

Die Baumtafel

Im Laufe seines Lebens hatten seine Aufenthalte im Bergdorf eine neue Qualität angenommen. Die Feriengefühle seiner Kindheit und die Urlaubsgefühle seines Erwachsenendaseins waren sachte vergangen und an ihrer Stelle hatte das heitere Gefühl Platz genommen, in einer zweiten Heimat zu leben. Ja, ganz ohne Zweifel war hier so etwas wie seine Wahlheimat entstanden und er war ganz verwundert bei diesem Gedanken. Seine verstorbene Frau war an dieser Entwicklung nicht unbeteiligt gewesen und er war ihr unendlich dankbar, dass sie diesen Weg mit ihm gegangen war, der sie beide, aber auch ihre Tochter in ihren jungen Jahren, auf die grünen Weidegründe und in die Felsenwelt dieses kleinen Tals geführt hatte. Und die Begegnung mit den Menschen erst: Ihr entspanntes Dasein hatte ihn beeindruckt und wertvolle Nachdenklichkeit aufgegeben. Er lernte, ihnen zu vertrauen und hatte sich in ihrer Gesellschaft wohlgefühlt, war stolz darauf, dass sie ihn akzeptiert hatten und sein Dasein vielleicht auch für sie eine kleine Bereicherung war.

Er hatte es sich auf dem Balkon seiner Ferienwohnung bequem gemacht, genoss die stille Abendstimmung und sein Blick fiel zum ungezählten Male auf die Tajaspitze, jenen verwunschenen und selten besuchten Gipfel, den er für sich weiterhin Potschallkopf nannte, weil er damals noch diesen Namen trug, als er ihn mit einem Kameraden aus Militärdienstzeiten bestiegen hatte. Eine Route, die er selbst ausgesucht und erkundet hatte, durch einen langen, steilen und griffigen Kamin auf den Vorbau und durch schroffes und sehr brüchiges Felsengewirr zum Gipfel, der kein Kreuz besaß, sondern nur eine verwitterte Holzstange, die eingeklemmt zwischen Felsblöcken die Zeit überdauerte. Der Abstieg geriet im unteren Teil ziemlich abenteuerlich, als man, um Zeit zu gewinnen, an den Rand eines steilen Felsabsturzes geriet, der glücklicherweise mit Latschen bestanden war, die man als Festpunkte zum Abseilen benutzen konnte. Und so landete man wieder glücklich im Tal. Er dachte lange an diese Tour zurück und an die Gefahr sich im Abstieg zu versteigen, in die sie sich damals begeben hatten.

Aber es war nicht nur der Gedanke an diesen unüberlegten Abstieg, den sie ein wenig aufs Geratewohl unternommen hatten. Nein, mit diesem Gipfel verband er viele Jahre später zum ersten Mal die Gewissheit, dass er nie mehr zu ihm zurückkehren würde. Zuerst hatte er sich gegen diesen Gedanken gesträubt, der ihm – noch ganz aus der Ferne – das Ende seiner bergsteigerischen Aktivitäten anzukündigen schien. Und in der Tat sollte er ja noch manche Bergtour unternehmen. Und doch hatte sich so etwas wie der Anfang von einer Geschichte festgesetzt, die das Ende einer anderen Geschichte, nämlich jener Geschichte luftiger Bergfahrten im freien Fels, besiegeln sollte. So kam es, dass er noch häufiger und intensiver eben jenen Felskoloss betrachtete und der Satz immer mehr Gestalt und Konturen annahm, bis er schließlich mit innerer Stimme ausgesprochen wurde: Dort oben war ich und dort oben werde ich nicht mehr sein.

Mit der wachsenden Einsicht in die Endgültigkeit verband sich ein gewisses Maß an Bitternis. Warum musste dieser Abschied mit einer derartigen Deutlichkeit geradezu aus seinem Bewusstsein hervorspringen und ihn anspringen wie ein mächtiges Tier? Warum war es ihm nicht vergönnt, dass alles still verdämmern möge, sich einfach aus dem Bewusstsein sang- und klanglos zurückziehen, wie ein sanftes Ausbluten von Lebendigkeit – ohne Schmerz und stumm in der Vergangenheit versinkend.

Sein Blick kehrte zu diesem vielschichtigen, massiven Berg zurück, der mit einem Mal die Gestalt seines Lebens anzunehmen schien. Und die Frage nach seiner eigenen Stellung zu seinem Leben kam ihm in den Sinn – nicht zum ersten Mal. Es gibt Fragen, die nehmen mehrfach Anlauf. Man vertröstet sie, schiebt sie auf die lange Bank. Aber sie lassen nicht locker, sind nicht einmal ungeduldig. Nein, sie scheinen zu wissen, dass an ihnen kein Weg vorbeiführt und ihre Zeit kommen wird.

Ja, er befand sich in einer seltsam schwebenden Nachzeit. Da war die Zeit mit seiner verstorbenen Frau, mit seiner Tochter, die längst ihr eigenes Leben führte, und nicht zuletzt die hohe Zeit seiner selbst. Und dahinter, wie nach einer Durchschreitung, befand er sich, jetzt, gerade, auf der Abendterrasse. Und die Atmosphäre des Tals um ihn her schien sich seiner zu bemächtigen, mit einer sanften Stofflichkeit, die ihm die Schwere seiner Existenz nahm. Verwundert gestand er sich ein, dass er draußen in Augsburg, auf der Terrasse seines Hauses, so manche entspannte Stunde verbracht hatte, aber an einen ähnlichen Grad der sinnlichen Exzellenz konnte er sich nicht erinnern.

***

Eines Tages begann er, sein Ende bewusst und ohne Scheu in Betracht zu ziehen. Er wanderte an einem sonntäglichen

Frühherbstnachmittag im Schwarzachtal und näherte sich der Zisterzienserinnenabtei von Oberschönenfeld. Möglich, dass der von 800-jähriger Frömmigkeit geprägte Ort ihm seine Aura entgegensandte. Wo viel Ewigkeit herrscht, bleibt der Gedanke an die Vergänglichkeit nicht aus. Jedenfalls stand ihm mit einem Mal deutlich vor Augen, dass er vielleicht seinen Abgang aus diesem Leben nicht schlicht und einfach auf sich zukommen lassen sollte, sondern ihm ein wenig entgegengehen könnte. Nein, er war noch rüstig und fühlte sich durchaus noch in der Spur des Lebens. Freilich hatte er sich schon vor einigen Jahren aus dem Arbeitsleben verabschiedet und den Übergang ins Rentnerdasein gut hinbekommen. Die Jüngeren würden ohne ihn zurechtkommen. Schließlich hatte er selbst lange genug zu den Jüngeren gezählt und keine Älteren zum beruflichen Händchenhalten benötigt. Einmal im Jahr, meistens im Oktober, traf er sich mit einigen ehemaligen Kolleginnen und Kollegen. Man setzte sich im gemütlichen „Bauerntanz" zusammen oder im „Ratskeller". Und wenn man nicht gerade von sich selbst, seiner Familie oder Hobbys sprach oder über die leidige Politik, so fiel wohl noch der eine oder andere Blick auf das Geschehen in der alten Firma, denn die Verbindung zu den einstigen jüngeren Kollegen, die auch schon wieder ein Stück weit älter waren, war nicht gänzlich abgerissen. Einige schauten auch immer einmal gern vorbei und brachten frische Nachrichten aus dem Firmengeschehen, die von den Ehemaligen gern zur Kenntnis genommen wurden. Ja, sogar der alte Firmentratsch bekam neue Nahrung.

Nun, er schritt immer weiter voran in sein Rentnerdasein. Doch er spürte sehr wohl, dass er alles, was zu seinem äußeren Leben gehörte, im Laufe der Zeit sortieren und ordnen musste. Auch würde er sich von vielen Dingen trennen, sie verschenken, weggeben oder einfach entsorgen. Schließlich würde er sein Erbe rechtzeitig regeln und ordnen. Aber da war doch seine eigentliche, ja er möchte sie spirituelle Existenz nennen, all diese besonderen Daseinsfäden, die er so intensiv lebte. Seine Wanderung nach Oberschönenfeld hatte in ihm den Gedanken ausgelöst, vielleicht ein kleines Zeichen zu wählen – nichts Besonderes, denn er hatte in seinem ganzen Leben nie danach gestrebt, seine Person, sein Ich, bemerkbar zu machen und hervorzuheben. Das war nicht einmal geübte Bescheidenheit, er hielt in dieser Zivilisation die Schaffung einer sozialen „persona" für entbehrlich. In den Medien herrschte ein Jahrmarkt der Persönlichkeiten. Ständig wurden inflationär irgendwelche Leute angepriesen und alle strotzten vor Wichtigkeiten aller Art, für die er sich nicht interessierte. Offenbar gab es jedoch Abnehmer, sozusagen Konsumenten, Leute, die sich gern mit wichtigen Personen beschäftigten. Vielleicht half ihnen dieser Kult, ihre eigene Unwichtigkeit zu kompensieren und lebbar zu machen. Ganze „Generationen" wurden von Diskursen, deren Urheber in den Etagen der Vermarktungsstrategen saßen, wie Produkte und Dienstleistungen fabriziert und hochwichtig unters Volk gebracht. Und wenn man nur ausgiebig eine „Generation XYZ" besprochen hatte, dann glaubte man an ihre Existenz. Und wenn man nicht mehr darüber sprach, dann hörte sie auf zu existieren. Vielleicht war das ja das tiefere Geheimnis der modernen Gesellschaft: Im Gespräch bleiben – ohne Unterbrechung. Unter Gespräch stehen wie die Technosphäre unter Strom. Und mochte der Anteil des Plapperns noch so groß sein. „Dabei sein ist alles", kam ihm ein gewisser Wahlspruch in den Sinn und er musste schmunzeln. Ironie in allen ihren Formen, von milde bis beißend, war schon immer eine seiner leichtesten Übungen.

Aber warum sollte er nicht in einer Form zeigen, dass er insgesamt und über alle Kämpfe, auch bittere Niederlagen und Enttäuschungen hinaus ein liebenswertes spirituelles Leben geführt hatte? Auf dem Friedhof der Zisterzienserinnen hatte er die einfachen Holzkreuze gesehen. Jedem Mitglied ihrer Gemeinschaft wurde dieses Kreuz aufs Grab gestellt. Sie galten als Dienerinnen Gottes, die ein stilles, nach Gott suchendes Leben geführt hatten, manche gar bis über die eiserne Profess hinaus. Ja, ein schlichtes Zeichen, das alle Höhen und Tiefen des Daseins versöhnlich zudeckte und die Hoffnung weitergab.

***

Er betrachtete die recht junge Zirbe, die oberhalb des Dorfes stand. Nun bei Bäumen, die locker zweihundert bis vierhundert Jahre alt werden oder noch viel mehr, heißt jung fünfzig Jahre oder mehr. Vielleicht war er ja in ihrem Alter. Er hatte diese Zirbe gewiss schon mehr als einmal gesehen. Es war die einzige weit und breit, umgeben von einem lockeren Fichtenbestand inmitten einer Weidefläche, die einst den Rindviechern im Herbst letztes Frischfutter bot, bevor sie sich in die dunklen Ställe zurückzogen und das duftende Heu an all die herrlichen Sommertage oben auf den Weideflächen der Almen erinnerte.

Er war auf dem Abstieg auf diesem uralten Steig der Bergbauern und ihm war diese Rechtskurve wohl bewusst. Und mit einem Mal war diese Zirbe da, als hätte sie ihn erwartet. Sie stand leicht nach rechts versetzt hinter dem Scheitelpunkt dieser Kurve. Er blieb stehen und sein Blick verweilte. Ihr Stamm war gerade gewachsen, sie musste nicht mit Wind und Wetter kämpfen, sondern ließ sich im Winter sanft einschneien. Im unteren Teil des Stammes hatte sie kein Geäst gebildet und insgesamt konnte man sie – im Vergleich zu vielen reichlich wild und zerzaust ausschauenden Geschwistern – als formschön bezeichnen. Sein inneres Auge schien mit der Zirbe und ihrem Umfeld zu spielen, bis schließlich ein feines Lächeln sein Gesicht überzog. Ja, dachte er, das sei doch eine schöne Idee. Eine Art Marterl, nun ja, eher eine Tafel mit Wetterschutz, an diesem Baum, still, unaufdringlich, mit einem kleinen Sinnspruch, ein kleiner Erinnerungsspiegel daran, was dein Leben hier in dieser Welt und mit ihren Menschen war. Kein Bild von dir, kein Name. Vielleicht ein Abbild dieser so wertgeschätzten Landschaft, als Relief vielleicht.

Er dachte an die kommunikative Freiheit, die sich so innig mit seinen unzähligen Wanderungen in dieser Welt verbunden hatte. Und er glaubte, dass diese freudige Freiheit eine Gnade war, die ihm zuteilgeworden war – unverdient aus Gründen jenseits seiner Vorstellungskraft. Von diesem Lebensgefühl wollte er Mitteilung machen, in der Hoffnung, es zu teilen. Und die so schätzenswerte Landschaft um ihn her bildete sich intensiv in seinem Bewusstsein ab. Ein unscheinbarer Pfad hielt sie umschlungen. Er dachte voller Vertrauen und mit großer Intensität die Worte betonend:

Der Herr begleitet dich auf deinen Wegen

Ja, bestätigte er sich selbst seinen Gedanken, so sei es doch gewesen. Er habe sich immer begleitet gefühlt. Er nahm sich vor, bei Gelegenheit den Dorfbewohnern gegenüber über seine Idee zu sprechen und ihre Meinung zu hören.

**

An einem Samstagabend ergab sich die Gelegenheit. Man war recht zahlreich in Gottfrieds Gaststube versammelt. Längst zählte er zu den Teilnehmern der Palaver-Runde. Manchmal bezeichnete er sich spaßeshalber als nicht residierendes Mitglied der Dorfgemeinschaft. Und es kam der Moment, wo er sich erlaubte, um allgemeine Aufmerksamkeit zu bitten. Er habe da ein Anliegen, das er allen Anwesenden zur Kenntnis bringen möchte. Und ohne ihre Zustimmung würde er sein Anliegen nicht weiterverfolgen. Mit seinen Worten hatte er ihre Aufmerksamkeit geweckt, die Unterhaltungen verstummten und alle blickten ihn erwartungsvoll an. Er schaute in die Runde und stellte ihnen sein Baumtafel-Projekt vor. Als er geendet hatte, kam Zustimmung von allen Seiten. „Ja, wenn es sonst nichts ist." „Wem gehört der Baum?" – „Der Agrargemeinschaft. Hubert, sag du was." – „Ja, freilig magst dei Tafel an den Baum na hänga. I werd den scho it fälla." – „Wann willscht sie aufhänga?", erkundigte sich Niklas. – „Nach meinem Tod, es eilt nicht", antwortete er. – „Willscht no amoal wiederkemma?", fragte Niklas amüsiert. „Na, na, i werd scho jemanden vorbeischicken", und er dachte, dass seine Tochter ihm diesen Dienst erweisen würde. Nach dem Motto „Es gilt das gesprochene und bezeugte Wort" war sein Projekt genehmigt und abgesegnet. Man werde allfällige Formalitäten – falls erforderlich – erledigen. Er bot als Dank den Versammelten eine kleine Lokalrunde an. Gottfried kam mit einem Tablett voll mit Stamperln, ließ die Obstlerflasche kreisen, bis alle Gläser randvoll waren und in einer Schnapspfütze standen. Kurz darauf hielten alle (auch die Frauen) ihr Glas im Anschlag und mit Hauruck war die Sache begossen. Weiter ging es im Text des allgemeinen Palavers.

***

Eines Tages begab er sich zur Schnitzschule in Elbigenalp, wo er ein Gespräch mit dem Leiter vereinbart hatte. Mitgebracht hatte er ein paar Fotos, die die Zirbe, ihren Stamm, aber auch das nähere Umfeld zeigten. Auch hatte er den Umfang und den Durchmesser des Stammes ermittelt. Er hoffte, dass mit diesen Unterlagen eine passende Gestalt und Größe der Tafel gefunden werden könne.

Das Gehäuse, das die Tafel aufnehmen soll, müsse auf jeden Fall ein Schutzdach besitzen. Es könne gern eine moderne Form besitzen, solle aber, wie alles, nicht aufdringlich sein. Der Blick eines Wanderers solle nicht über Gebühr beschäftigt werden und hängen bleiben. Als Rückwand stelle er sich ein Relief vor, das die heimische Bergwelt stilisiere und zugleich solle eine Art Pfad sie zugänglich machen und dabei umschlingen. Vielleicht falle einem Schnitzer eine ansprechende Lösung ein. Und er habe einen kleinen Text, sozusagen die Botschaft, die er gern hinterlegen würde, nämlich den einfachen Satz: „Der Herr begleitet dich auf deinen Wegen" – vielleicht so schwungvoll wie der gedachte Pfad und farblich hinterlegt, damit der Satz gut lesbar für einen Wanderer sei, der kurz innehalten wollte. Der Leiter hörte sich seine Ausführungen an und stimmte zu. – Welches Holz ihm vorschwebe? – Zirbe zur Zirbe, war seine knappe Antwort, jedenfalls fürs Relief. – Ja, damit könne ein guter Schnitzer schon gute Formen realisieren.

Man arbeitete sich durch die Details der künstlerischen und handwerklichen Gestaltung, um schließlich auch auf die Frage der preislichen Gestaltungsräume zu kommen. Man einigte sich auf einen Kostenrahmen. Er fragte den Schulleiter, ob diese Tafel, die ja erst nach seinem Tod seinen vorgesehenen Platz einnehmen würde, bis zu diesem Zeitpunkt in der Schule verbleiben könne. Das müsse aber nicht sein. Er könne es auch selbst nach Fertigstellung einlagern. Man könne es auch hier einlagern – natürlich alles gegen eine angemessene Gebühr. Ja, er hätte auch nichts dagegen, wenn die Schule es als Ausstellungsstück verwenden würde. Auch die Herstellung eile nicht. Er sei ja noch recht rüstig. Und selbst wenn er früher sterben sollte, als die Tafel erstellt sein würde, so sei dies auch kein Problem. Er sei dann ohnehin in der Ewigkeit angekommen und könne warten. Der Schulleiter versprach ihm, sich um sein Projekt zu kümmern und einen interessierten und auch geeigneten Schnitzer zu gewinnen. Er werde sich dann telefonisch melden und er könne persönlich Bekanntschaft machen. Ob es auch eine Schnitzerin sein könne? – Selbstverständlich.

Nach einem Vierteljahr erreichte ihn ein Anruf des Schulleiters und sie vereinbarten ein Treffen, und zwar mit zwei Schnitzern – einer Schnitzerin und einem Schnitzer –, die gern seinen Auftrag gemeinsam ausführen wollten. Da er ohnehin das Wochenende im Dorf verbringen wollte, vereinbarte er einen Termin für den Samstagvormittag.

***

Man traf sich in einem Atelierraum der Schnitzschule und er fand die beiden jungen Holzschnitzer, einen Mann und eine Frau, auf Anhieb sympathisch. Sie zeigten sich informiert und er hatte den Eindruck, dass sie sich schon ein wenig mit seinen Vorstellungen beschäftigt hatten. Ja, nach einiger Zeit griff die junge Schnitzerin zu einer Mappe und zog zwei Skizzen hervor. Die eine zeigte zwei Gehäuse, die andere zwei Reliefs. Er betrachtete die Entwürfe und war beeindruckt. Alle besaßen Qualität. Ob er eine Auswahl treffen könne oder ob er mit den Entwürfen gar nicht zurechtkomme. Er entgegnete, dass ihn die Qual der Wahl plage. Schließlich entschied er sich für jeweils einen der Entwürfe und fragte die beiden Schnitzer, ob er jetzt einen bevorzugt habe. Die beiden lachten und sagten, nein, er habe vom einen und vom anderen einen Entwurf gewählt und habe dabei seine Wahl genau so getroffen, wie sie die Entwürfe selbst eingeschätzt hätten. Daraufhin wünschte er ihnen ein gutes Gelingen. Man verabschiedete sich und er fuhr zurück ins Dorf.

***

Es war sein letzter Sommer im Dorf. Er machte kleinere Wanderungen, hielt inne, wenn er an einen Ort gelangte, mit dem er Kindheitserinnerungen verband oder der in ihm das Bild seiner Frau weckte. Ihr Gesicht schaute ihn lächelnd an und schien sich in ein wundersames Antlitz zu verwandeln.

Auch sah er deutlich ihre kastanienbraunen Haare, in denen der Sommerwind hoch oben am Hang spielte, als sie auf ihrem Lieblingspfad voller Blumen vor ihm wanderte. Sie saßen unter dem Gedenkkreuz. Ihre Blicke schienen sich zum gemeinsamen Schauen zu vereinen. In der Tiefe lag das Dorf – still und unberührt. Er wunderte sich über die Intensität seines Bewusstseins, das noch einmal die ganze Schönheit seiner Wahrnehmungen und Empfindungen zusammenfasste. Dann aber begriff er. Schließlich hatte er sich an allem satt gesehen und rüstete zur Heimkehr. Von Gottfried nahm er mit dem Satz Abschied: „Nächstes Jahr komme ich nicht mehr." – Gottfried erschrak, versuchte, zu scherzen und den Satz herunterzuspielen: „Nana, werscht scho wiederkemma." Doch der Satz war mit einer seltsamen Bestimmtheit gesprochen worden. Sein Freund drehte sich um und ging davon. Gottfried sah diesem Menschen nach, der sich immer noch festen Schrittes bewegte, sein Auto bestieg und langsam die Dorfstraße hinunterfuhr und schließlich talauswärts verschwand. Und jetzt erst wurde ihm schlagartig die Bedeutung der Abschiedsworte klar. Was wusste sein Freund? Das war doch unmöglich. Besaß er Zeichen, die ihm diese Gewissheit gaben? Er sträubte sich gegen die Bedeutung dieses Satzes, die er nicht zu denken wagte. Und doch zweifelte er nicht mehr daran, dass die Ankündigung eintreten würde. Er ging nachdenklich in sein Haus zurück. Sein eigenes fortgeschrittenes Alter kam ihm in den Sinn. Er fragte sich, ob es wohl Zeichen im Inneren des Bewusstseins gab, die dem Menschen unmissverständlich zu verstehen gaben, dass die Sanduhr des Lebens ihre letzte Umdrehung getan hatte.

Nachwort

Ende November erhielt Gottfried einen Anruf der Tochter seines Freundes. Sie teilte ihm mit, dass ihr Vater an Herzversagen gestorben sei. Alles sei sehr schnell gegangen, er habe kaum gelitten. Gottfried äußerte seine Bestürzung und seine aufrichtige Trauer um diesen Menschen, den er so sehr geschätzt hatte. Er versicherte ihr seine Anteilnahme. Auch die übrigen Dorfbewohner hätten ihren Vater sehr gemocht. Er werde die traurige Mitteilung weitergeben. Die Tochter dankte ihm für seine tröstenden Worte und fuhr fort, dass da noch ein Wunsch ihres Vaters sei. In seinem letzten Gespräch mit ihr und auch in seinem Testament habe er sie gebeten, in der Schnitzschule Elbigenalp eine Bildtafel abzuholen und ihn, Gottfried, aufzusuchen. Er sei informiert und werde ihr helfen, diese Tafel an einem bestimmten Baum anzubringen. Gottfried erinnerte sich sogleich an die gemeinsame Runde in seiner Gaststube und vereinbarte mit der Tochter des Freundes ein Treffen im Frühsommer des folgenden Jahres. Im Dorf wurde der Tod mit großem Bedauern zur Kenntnis genommen.

Es kam der Tag, an dem die Baumtafel aufgehängt werden sollte. Gottfried bat einen jüngeren Nachbarn um Hilfe. Einige andere ließen es sich nicht nehmen, mit hinaufzugehen zu jener Zirbe oberhalb des Dorfes und der Befestigung und Einweihung der Relieftafel beizuwohnen.

Als sie ihren Platz gefunden hatte, schmückte Niklas die Tafel mit einem kleinen Latschenzweig. Die Menschen bildeten einen Halbkreis und beteten ein Vaterunser für den Verstorbenen. Und einer beschloss das gemeinsame Gedenken mit dem Satz, dass seine Wege den Verstorbenen gewiss zu Ihm geführt hätten.